U0627575

# 仓央嘉措

# 人生就是一场修行

吴俣阳 古 苏◎著

人民东方出版传媒

东方出版社

图书在版编目（CIP）数据

仓央嘉措：人生就是一场修行/吴俣阳，古苏 著.—北京：东方出版社，2013.6
ISBN 978 - 7 - 5060 - 6274 - 9

Ⅰ.①仓… Ⅱ.①吴…②古… Ⅲ.①散文集—中国—当代②随笔—作品
集—中国—当代③仓央嘉措（1683～1706）—传记 Ⅳ.①I267②B949.92

中国版本图书馆CIP数据核字（2013）第097227号

**仓央嘉措：人生就是一场修行**

吴俣阳　古苏　著

责任编辑：姚劲华
出　　版：东方出版社
发　　行：人民东方出版传媒有限公司
地　　址：北京市东城区安外大街138号皇城国际中段4层
邮政编码：100011
印　　刷：北京京都六环印刷厂
版　　次：2013年6月第1版　2016年4月北京第5次印刷
开　　本：880毫米×1230毫米　1/32
印　　张：7.5
字　　数：130千字
书　　号：ISBN 978 - 7 - 5060 - 6274 - 9
定　　价：28.00元
发行电话：（010）64258117　64258115　64258112

# 目录

前言

## 那一天·那一月·那一年

> 第一最好是不相见，如此便可不至相恋。
> 第二最好是不相识，如此便可不用相思。

　　初识仓央嘉措，只闻其诗而未闻其人。这一首，便是我想要了解他的开始。最好不见，便可不相恋。这般的无奈，是想要诉说怎样的哀愁？心中柔软的地方被触及的时刻，便是泪水汩汩流出、哀伤迸发的刹那。轻轻地、慢慢地抚摸着这几个字，似乎从来没有被如此的无奈震撼过。

　　一直以为，两人的深吻便会诉说最美好的时刻，两人的放手便会刻下最刺骨的哀痛。爱情之于每个人都是如此，不管你是高官还是平民，是富豪抑或是乞丐。当你拥有爱情的一刹那，你便会经历人生最绮丽的跌宕起伏、最甜蜜的撕心裂肺。然而，就是如此平凡的感受，对于一个佛教尊者来说，却显得那么无奈。

佛曰：人生有八苦，生、老、病、死、爱别离、怨憎会、求不得、五取蕴。爱别离、求不得，或许还有怨人生之长久，千思万绪涌现于同一个弱小心脏中，会迸发出怎么样的撕心裂肺和痛不欲生？世间之事总是如此令人无从揣摩，越是深痛刻骨越是淡然若素。越是淡淡的忧伤，越让人感觉到其中滋味苦涩非常。然而正是在毁灭般的力量面前展现出那一副与世隔绝的淡然，更显得其力量绵长而耐人寻味。

我们匆匆地来到这个世界，然后又匆匆地离开，在匆匆的感叹之余，或许总应该有一刻恬静。恬静之时，便会想起那深烙于心的某个人、某些事。某些人，安静地来到这个世界上，然后便安静地离开。离开的时候，却会给大家留下些什么，例如这细水长流的忧愁，又或是那轰轰烈烈的一段嘶鸣。这些忧愁和嘶鸣，便让我们匆匆赶路的时候，显得不再那么平淡。一个个触动心脏跳动的声响来源于他们，终结于来世的某个未知的时刻。

曾经在苏州某条不知名的河畔驻足良久，那种小桥流水的生活、鸟语清流的感觉，伴着寻找古之先贤足迹的雅趣，让人心中那么清凉。在这个充满着物欲的世界中，一片绿叶的价值总是很少人在意的。我幻想自己生在此地、长在此处、终老于此间、葬于此处任何一条未命名的河畔，然后我残留在世界上的最后一抹痕迹渐渐地被流水冲走，也许能留下什么，也许什么也留不下。那将会是一种穿越世间一切喧嚣的恬淡。

读过很多种仓央嘉措诗歌的翻译，最喜欢的还是于道泉先生的版本。他没有自以为是地将仓央嘉措的诗歌进行再创造，而是单纯地翻译了过来，也贴心地把西藏的谚语、故事标注于每首诗的后面，让读者去慢慢体会最本真、最纯粹的仓央嘉措才是最好。

> 最好不想见，便可不相恋。
> 最好不相识，便可不相思。

诗写到此处已经足够了，无需更多赘述，如此便已然足够撼动一个跟随他心灵飘动的痴迷者了。而那句"相见何如不见时"也是来源于此。

> 但曾相见便相知，相见何如不见时？
> 安得与君相决绝，免教辛苦作相思。

若非一个"相见何如不见时"的绝美，恐怕这首诗的再创造是个完全失败的尝试。就连这句绝美之句，也是八分美在语言、二分美在意境。中国的文化中，最美的不是缠绵悱恻的爱情，也不是甜蜜的情话，最美的是那欲拒还迎、欲说还休的感觉。柳三变词曰，"执手相看泪眼、竟无语凝噎"。美在何处？一个"凝噎"成就了千古的绝唱。执手相看之时，郎情妾意何人不知？那翻来覆去的几句送别的话早已经被众人用得烂掉了。既然送别就要说些什么，那便不再说任何话。因为，情至深处无须多言，也无法多言，任何话语在那样的时刻都显得那么脆弱、可笑。

就像这"不相见、不相恋，不相识、不相思"一般。决绝之后是绝望，还有什么需要再说呢？

我试图在脑海中找寻当时的仓央嘉措，试图理解他的苦闷，也试图身临其境地抚摸一下那飞跃了无数个山山水水的哀愁。

青灯、古佛，或许还有远处飘来的断断续续的木鱼声。嗒、嗒、嗒、嗒。他被迫放弃自己的爱情，他被迫承受别人寄托在他身上的某种命中注定的期望，他被迫了解那本不该属于他又一定要接受的经文，他被迫成为别人手下的一枚棋子。他起身踱步，然后又无奈地坐下。他仰望星空，想念她，又觉得自己背叛了佛祖。他低头冥想，又完全无法心如止水。他心潮澎湃，又只能平静如往昔。他充满着无奈，又无力反抗。他绝望地看着一闪一闪跳跃的灯火，随手抚摸着那颗他最钟爱的松石手串（藏族人认为松石能够辟邪）。他能感觉到自己内心的挣扎，像是溺于水中渴望呼吸一般，双手拍打着水面，拼命地，无法抓到任何让他感到安慰的东西。他无法喘息、他无法思考、他无法想念、他无法诵经、他无法生存……

千言万语、千丝万缕最终未化作嘶吼，也未化作哀鸣。这结果看起来比我们想象中的更加平淡。他长长地舒出一口气，微微地笑了笑，像是在嘲笑自己，然后摇了摇头，提笔写下了感动了无数人的一段小诗。

我们嘲笑蚍蜉撼树，却不知，撼动人们心脏的往往是那些柔弱的事物。小的时候每每读到"蚍蜉撼树"之处便深感其中滋味着实让人有些悲凉。"蚍蜉"无力改变命运、无力改变自身，或许也一定无力改变结局。可是，这又能怎么样呢？它只是个小虫子而已，竟然有撼动一切的想法。我想，它终于还是没有撼动大树。但是，它却撼动了我的心。

就像仓央嘉措一样。他无法撼动桑结嘉措给他带来的人生，他无法撼动五世达赖给他带来的命运，更加无法撼动宗喀巴给他带来的信仰。他像一只小虫子一样，奋力地拍打着他的翅膀，扭动着他的触角。这样的勇敢没有改变任何事，仅仅是撼动了数以万计的心而已。这是一件甜蜜的事。想一想，数百年来，那数以万计的心脏中流淌着多少沸腾的血液，而这还仅仅是开始。

既然这只是开始，那我们就不妨从开始说起吧。

## 第一章

# 十地·即生成佛有何难

住在十地界中的，
有誓约的金刚护法，
若有神通的威力，
请将佛法的冤家驱逐。

塔尔寺位于青海省西宁市西南方的鲁沙尔镇，因其先有塔后有寺而得名。其创始人为宗喀巴，是藏区黄教六大寺院之一。当然，它也是最早的一个。藏语称为"衮本贤巴林"，意思是"十万狮子吼佛像的弥勒寺"。塔尔寺始建于明朝洪武年间（1379年），距今已经有六百余年，占地六百余亩。寺院建筑分布于莲花山的一沟两面坡上，殿宇高低错落，交相辉映，气势壮观。位于寺中心的大金瓦殿，绿墙金瓦，灿烂辉煌，是该寺的主要建筑。它与小金瓦殿（护法神殿）、大经堂、弥勒殿、释迦殿、依诂殿、文殊菩萨殿、大拉让宫（吉祥宫）、四大经院（显宗经院、密宗经院、医明经院、十轮经院）和酥油花院、跳神舞院、活佛府邸、如来八塔、菩提塔、过门塔、时轮塔、僧舍等建筑形成了错落有致、布局严谨、风格独特的宏伟建筑群。寺庙独具匠心地把汉式三檐歇山式与藏族檐下巧砌鞭麻墙、中镶金刚时轮梵文咒和铜镜、底层镶砖的形式融为一体，和谐完美地组成一座汉藏艺术风格相结合的建筑群。由于塔尔寺为宗喀巴首建之寺，更成了藏传佛教黄教中最有影响力的圣地。塔尔寺不仅是藏传佛教圣地，而且是造就大批藏族知识分子的高级学府之一。寺内设有显宗、密宗、天文、医学四大学院。此外，它还以酥油花、壁画和堆绣闻名于世，号称"塔尔寺三绝"。

古刹、钟声。仅仅是想象，心中便自会有清泉涌出。我本是俗世中飘荡的一粒无根的灰尘，飘过之处不留下一丝微痕。倘若有幸于此处驻足，便将这一生的流浪都掩埋在此处又何妨呢？听得道的尊者诵经、欣赏那些不谙世事的小沙弥的恬淡生活、嗅着浓浓的香火气味、随着古钟的震动轻舞飞扬。无须理会生老病死、爱恨离愁。我只是众多灰尘中的一个，慕名而来倾听梵音，洗脱一生的庸俗，超凡脱尘般轻轻飘荡，恬静安好。明媚的阳光，绵绵的细雨，落花飘雪便是尘世的美好。暴烈的日晒，倾盆般的大雨，凛冽的寒风便是一生的历练。不管他人生老病死、爱恨离愁，就那么静静地待在那儿，只是静静地待在那儿。看着日出日落、听着青藏高原上雄鹰划破天际的飞翔之音，这世间还有比这样的日子更美好的么？我想大约没有了。一粒灰尘的安然。

这一世的清净要感谢那个名叫罗桑扎巴（意为"善慧称吉祥"）的男人。由于他生于宗喀，所以被尊称为宗喀巴。在我看来，这是一位真真切切值得尊敬的尊者。他的佛法有多么强大，我未曾直接地感觉到过。然而，仅仅是他好学的精神便足以让我汗颜了。

在他三岁的时候，便被一个名叫敦珠仁钦的喇嘛带到寺中修行。从此，宗喀巴便开始了他修行的道路。十六岁时，为了接受更深佛法的洗礼，宗喀巴辞别了亦父亦师的敦珠仁钦前往西藏。十七岁到达拉萨，在止公寺阿仁波切座前听受大乘法心仪轨、大印五法、拿热六法等教法，尔后又在几间寺庙中辗转修行。十九岁学习《现观庄严论》，由于论中多引用《俱舍》原文，晦涩难懂，因此宗喀巴又发心学《俱舍》。然后又从义贤译师听受意乐贤的《俱舍释》……如此十年光景，方开始讲经，普度众生。尔后，他又感觉自己所学多为显宗经论，便立志攻学密宗。如此又经几番寒暑，方成就了后来的宗喀巴。

在我看来，佛法的修炼，甚至推及其他的修行、学习，都不简简单单是读书、写字而已。或许，思考才是正途。"问渠哪得清如许，为有源头活水来"之感觉必是经过"入境"的思考之后方能得到的。学得多便想得多，学得杂便思虑多。思想的碰撞或有致使世界观、价值观颠覆之时，尤其是所学涉及繁杂，便更会出现冲突之处。如何能够将所领会到的矛盾变成境界的提升呢？这需要一个人有宽阔的胸怀，拥有能够容纳不同理念的心灵。

由于宗喀巴学习圆满之后改戴黄色帽子，以后他的弟子为表示追随，也戴起了黄色的帽子，于是格鲁派亦被称为黄教。格鲁派对于戒律要求甚严，这也是其能够发扬光大的原因之一。当然这也注定了仓央嘉措的悲剧。虽然命运总是无法被改变的，仓央嘉措或许也从未想要改变。然而他对于佛法的崇敬之心，从未动摇过，而且深信不疑。

> 住在十地界中的，
> 有誓约的金刚护法，
> 若有神通的威力，
> 请将佛法的冤家驱逐。

（菩萨修行时所经的境界有十地：欢喜地、离垢地、发光地、焰慧地、极难胜地、现前地、远行地、不动地、善慧地、法云地。护法系菩萨化身，故亦在十地之中。）

对于鬼神之说，我虽不敢尽信，却深感敬畏。然而，我相信人有灵魂，更相信佛语、梵音能够清澈人的灵魂。这仿佛是一种悲观的认定，因为这从侧面肯定了人类灵魂的不纯洁性。人类灵魂最初是否纯洁，这本是一个讨论了几千年而未得结论的话题。或许是因为身处混沌之中而让一个个的灵魂被玷污了吧。可是，倘若人人灵魂都是纯洁无瑕的，那又何来玷污一说？如此看来，方知道周敦颐"出淤泥而不染，濯清涟而不妖"是多么难能可贵的品质呀。

身处于俗世中，便总要做些"俗世之人"会做的事。做俗世之事便有俗世之乐，有俗世之乐便生俗世之困。来源于红尘深处的一个个脆弱的灵魂，在事、乐、困的反反复复更迭之中，总有一些灵魂厌倦如此类似围城的乏味。

当我们遇到难事的时候，停下我们不断奔跑的双脚。然后闭上双眼静静地感受一下来自自然的呼吸。耳畔传来的是树叶缓缓飘落的声音，再远一点是小鸟在叫，再远一些便是流水潺潺。我们匆匆地走过这里和那里，在一个个城市中奔波，自己安慰自己，这所有的一切都是为了生活。却总是忘记欣赏沿路树叶的飘落、阳光的照射。像是随着旅游团的旅游，为了看够那规划中的景点而拼命地跑着、跑着。却不知，坐在河边的石板凳上闭目小憩一会儿，才是那条河存在的意义。或许是我们走得太快了，也或是随着年龄的增加我们的记忆变差了。我们总会忘记最初的目的。走着走着，我们便随波逐流起来。仿佛人生倘若不和别人一样，便成了另类、成了最终会被人教育孩子的反面教材。其实人生不外乎如是，错了又能怎么样呢，做了反面教材又能怎么样呢？在弥留之际，倘若想起年轻时疯狂的样子，还能面露微笑。我猜想，这样的人生也便是成功的了。而那些曾经的所谓的困难，变成了一幅幅画面中总难留意的背景中的瑕疵。既然一切都是注定般无关紧要，或许我们本该活得洒脱一些。对对错错、真真假假，何必那么执着地分辨呢。

与神交十年的好友聊天，谈起人生的道路，不免有些唏嘘。朋友笑问我，缘何每每在人生的路口我总是会选择一条困难的道路。我虽面未改色，心中却惊异不已，竟发现自己在面临选择时确实会下意识地选择那种别人眼中极具挑战的路。我想这大约是我的性格使然吧。高中毕业，我选择了一所远离家乡的不知名大学；工作时，我选择了一个远离家乡和学校的城市，做了一份家中没有一个人了解的职业；举步维艰，选择了家人难以了解的写作。这本是一条孤独而又清苦的道路。无论是围城之内的人或是围城之外的人，都认为写作是一条太过崎岖的路。然而，我还是走了起来。我光着脚，走在山路之中，随时都能感觉到脚下面坚硬、锋利的石头，扎着自己的脚心。荆棘满路，更兼狂风骤雨，竟也甘之如饴，每每沾沾自喜。若非朋友问起我，我也从未想到要回味这说不尽、道不清的酸甜苦辣。若说我是为了些什么，除了希望做自己喜欢做的事来养活自己，也没有什么更高的期望了。若谈奢望，那么倘若我在弥留之际回想起自己此时的选择，会微微一笑，然后心中默默感叹年少轻狂，如此也便是此生无憾了。不敢自认为已达"欢喜地"的境界，但也着实希望自己心存欢喜之情。如此，怕也不枉前世于佛前做过一粒清净的尘埃。

于此，仓央嘉措恐怕有着超乎常人的理解。本是翩翩一少年，却要屈服在命运的刻意安排下。宿命，这本是一个让人无奈的词语。我本来也不大相信"命运"一说。然而随着人生的旅途近半，也开始慢慢屈服了。夜深人静的时候，偶尔也会惆怅一番，感叹造物弄人。其实人生不可谓不幸，仅仅是世事往往与期望中的有些差别。说是事与愿违未免显得有些造作，但也够惆怅一些时日。

若以这样的"精诚"，
用在无上的佛法，
即在今生今世，
便可肉身成佛。

这里，我们可以看到仓央嘉措对于佛法是深信不疑且不可谓不够"精诚"的。但是，他也知道，自己内心深处是怎样想的。他不愿意欺骗佛祖，也不愿意仅仅是表面顺遂。换一种说法，或许背叛是另一种死心塌地。他深深地爱着某个人，也无法让自己悖离佛祖。如此，更显得仓央嘉措对于佛祖的虔诚，像他深爱的某个人一样，无法割舍。他可以舍弃自己的生命，仍无法舍弃自己的信仰。穿透这颠覆宇宙的无奈，我们可以平心静气地去欣赏这个深邃男子内心的波澜。

静时修止动修观，历历情人挂眼前。
肯把此心移学道，即生成佛有何难？

曾慎言先生对于诗词的造诣，恐怕是我辈此生都望尘莫及的，最后一句更显中国诗人的豪迈之气，颇有太白遗风，读来很是畅快。然而，我眼中的仓央嘉措却不是一个拥有豪迈气质的人。他的一生仿佛都纠缠在佛祖与爱人之间。对于格鲁派来说，佛法与爱情是无法相融之物，所谓离垢，当如是乎？这本是一个说不清的东西。就像痛苦与快乐一般。对于我们这些俗世之人来说，有人痛苦，才能显得快乐的人快乐。快乐的人看到痛苦的人撕心裂肺，便更加快乐起来，而那些痛苦的人仿佛也因此而痛不欲生了。可是，世间的事，总是如此奇妙。总有一些身处于痛苦之中的人们能够发现，其实自己也不是那么痛苦。如此一来，快乐之人便也不再那么快乐了……

痛苦和快乐，类似这样的话题，绕来绕去或许我今生都得不出一个结论来。其实，人生的快乐与否，或许并非和处境相关。有的人生活清苦，境遇极差，竟也能苦中作乐，活得逍遥自在。而有些人，即便是锦衣玉食，也渐渐无法找到自我了。找不到自己的人生、方向，找不到想要走的路，痛苦自然会随之而来。这样的痛苦，是心灵的嘶吼，虽不敢说比物质的缺乏更痛苦，却至少旗鼓相当。

所谓离垢，正像是禅宗六祖慧能大师所说的一样，"本来无一物，何处惹尘埃"。仓央嘉措是个纯净的男子，他一生纠缠在佛祖和爱人之间无法自拔，又身处乱世之中，那时候的布达拉宫没有给他参悟佛法的空间。他被轻视，甚至是无视。他深知自己只不过是桑结嘉措的傀儡，他也明白，在拉萨这个西藏的政治中心之中，佛祖被寄予了除去普度众生之外更多的寄托。他希望佛祖能够运用佛法，清除眼前这些世俗之中的肮脏，一个个的谎言、欺骗。他放浪形骸，却心如明镜。或许，这才是真正的离垢也未可知。正如莲花，中通外直，不蔓不枝，香远益清，亭亭净植，可远观而不可亵玩焉。

我时常觉得，当一个人经受苦难之时，便是最容易发出人性光芒的时候。在面临人生最困难的抉择时，你或许外表平静、淡然，内心却汹涌澎湃。心中的江河泛滥，滚滚而来，并非是人力可以抵挡的。

数月之前，曾经在一段视频中看到一段这样的真实故事。一个男孩子因为女友埋怨他没有钱，哭丧着脸回到家中。和母亲聊天，说起二人分手的原因。儿子受了极大的委屈，埋怨家中没有钱，无法让他成为一个富二代，倘若家中有钱，女友便不会离开。母亲听后，当然是极为难过。于是寻找机构，希望将自己的肾卖掉，这样儿子便成为有钱人了。这是一个让人难过到欲哭无泪的故事。我戴着耳机，听着里面母亲的啜泣之声，这样的环境仿佛让我置身其中，倘若我是她的儿子，看到母亲这样，我会有什么样的感受？现场，她表现得极为失控，面对媒体的时候，行为举止也是异常窘迫。我能感觉到她那种对待儿子放弃生命的爱怜。她愿意用自己的生命捍卫自己的信仰——自己儿子的幸福。抛开对错不论，这样的事情发生，让我相信，她对于自己儿子的爱已然超越了爱字本身。很多人可能觉得她傻、她笨、她无知。可是，在我心中，我却极为佩服这个勇敢的女人。任何理由，在这样击溃人心的情感面前，仿佛都像是渺小的灰尘。我不愿意说这是亲情，代之用"感情"二字，因为仿佛用亲情也无法解释这样的伟大。诸如此类的事情，也太多了。母亲、父亲、丈夫、妻子等等，他们愿意用自己的生命换取自己的信仰。

当仓央嘉措面对桑结的时候，当他面对拉藏汗的时候，当他面对自己深爱女子的时候，当他面对佛祖的时候，他愿意坚持自己的信仰，他无畏强权、他无畏死亡，他同样不怕失去活佛这一虚名。这是一种对于困难的最直接、最强力的漠视，也是对于信仰最深沉的执着。他的信仰，便是最纯粹的佛法、最纯洁的爱情。他像那个愿意卖出自己肾脏换取儿子幸福的快乐母亲一样，他对于佛祖深信不疑，他对于爱情执着到令人心痛。有人会说他们不够聪明。其实，是那些人不懂。他们不懂什么叫作信仰，信仰不是愚蠢而已，信仰是执着到极点的愚蠢，我们管这样的行为叫作偏执，而我将这样的偏执定义为"虔诚"。

回想那些令人尊敬的古之先贤，他们竟几乎都有自己的执着。孔夫子执着于"仁"，岳飞执着于"忠"，关羽执着于"义"。他们虽非神、佛，但仍有光芒存于后世，并且照耀着中华大地的每一个角落。即便是曹雪芹笔下的林黛玉，也有那么一番执着。她仅仅是一个小说中虚构的人物，却感动了无数才子佳人。她必定没有倾国之貌，也没有旷世之才，她效颦之状颇有西子化身之嫌疑，她小气、爱嫉妒，她不容易被接近。然而这并不影响她成为中华五千年来文学创作中最成功的一位女主人公，更不会影响她在每一个男人、女人眼中的形象。当我们翻看《红楼梦》百遍之后，仍偶尔想要回去看看她怜惜花朵的让人怜爱的模样，仍然心中默默地念着，"侬今葬花人笑痴，他年葬侬知是谁"，眼中禁不住泪水默默流出。

手边有一本被翻得页脚也烂掉的书，在那里，我第一次接触到三毛。其中一篇文章中的某一段是这样写的：

前一阵在深夜里与父母谈话，我突然说："如果选择了自己结束生命这条路，你们也要想得明白，因为在我，那将是一个更幸福的归宿。"

每每看到此处，心口就仿佛被掏空一样。在网上搜寻有关三毛的点滴，希望能找寻她漂泊了半个世纪的落寞的脚步，但仅仅听到她的一段录音而已。里面放着三毛的声音，比我想象中妩媚许多。三毛叙述着她的荷西被她拒绝的时候，边笑、边跑、边挥手、边大喊的场景。三毛显得有些失控，我想她大约已经在深夜无数次梦到那个深爱她的男人、那个和她共度人生最美好时光的丈夫，她的喜怒哀乐、一颦一笑、一言一行都与这个西班牙男子有关。

在三毛的记录中，荷西是个率真、清澈的男子，理想简单而又可爱。他仅仅希望能够有一幢房子，房子里有三毛这样一个妻子而已。这便是他对家的描述。三毛感动于荷西的深情，也渐渐在两人的爱情中弥足深陷。这是幸福的，然而在三毛的身上，这也同样变成了她穿透生命的悲伤。在她余下的生命中，她已经无法在深潭中抽身，她沉溺在自己的世界里，无法阻止自己的坠落。有人说她的死并非因为荷西，有人说她还爱上过其他的人。他们找到三毛给王洛宾的信，以此为证据污蔑三毛的深情。于我，这是无法容忍的。心怀某种不相信爱情的想法，污蔑着这个世间最深情的女子，用最坏的恶意揣摩他人的梦境，以此来证明所谓的学术，用心可谓歹毒。

其实，在三毛生前给友人的信中，多以"爱人"等称谓称呼对方。单凭一封信，就说三毛爱上过别人，未免有些牵强。而王洛宾在生命的最后几年，也曾正面回答过这个问题。他说，自己和三毛，是两个深邃灵魂的相惜。我想，这才是最真实的感受。

三毛自杀而亡，用一种近乎绝望的方式结束自己生命的绝望，这本是不值得称赞的，然而却不得不让人在泪流满面之后，在目光呆滞的沉思之后，在泪水干涸之后，在身心疲倦之后，留下一声叹息。类似三毛的绝望，这世间还有。他们总是在结束自己生命之前，选择一种对于生命极端的热爱。三毛总是在自己的文章中反复提醒自己，告诉大家，自己是热爱生命的，自己并不想要离开。可是，最后他们还是选择了生命最绚烂的悲剧。

还有中国最大名气的现代诗人——海子。他结束自己生命前，也曾写下类似的东西。

从明天起，做一个幸福的人

喂马、劈柴，周游世界

从明天起，关心粮食和蔬菜

我有一所房子，面朝大海，春暖花开

从明天起，和每一个亲人通信

告诉他们我的幸福

那幸福的闪电告诉我的

我将告诉每一个人

给每一条河每一座山取一个温暖的名字

陌生人，我也为你祝福

愿你有一个灿烂的前程

愿你有情人终成眷属

愿你在尘世获得幸福

我只愿面朝大海，春暖花开

极力想要表现幸福、极力想要得到幸福。其实是一种哀伤的挣扎。这是一种人性的光辉。我猜想，佛祖虽然并未经历爱情的苦难，但他们的光芒同样照人。他们同样是需要面临属于他们的困苦。如此方能理解人生的真谛。

菩萨住此焰慧地，其心清净永不失；
悟解决定善增长，疑网垢浊悉皆离。

佛家讲"大彻大悟"，当于此处。经历人生的苦难之后，大彻大悟才来得有意义。这也是为什么那么多的文人会被渐渐遗忘，而被记下来的仿佛人生都有些与众不同。"滚滚长江东逝水，浪花淘尽英雄"。杨慎在他的词中，道尽了人生起伏、渺小。佛祖也试图告诉人们，其实人生仅仅是一个人存在过程中的一刹那而已。可是，没有执着便没有执着之后的大彻大悟。这是一个逃不脱的轮回。就像杜牧的《阿房宫赋》之中所说的那样："秦人不暇自哀，而后人哀之；后人哀之而不鉴之，亦使后人而复哀后人也"。这本是治国之感叹，然而用于人生，也是如此。还记得，某个女性作家曾经说过这样一段话。意思大概如下，她说，自己的母亲总是在自己的人生路里告诉她，这条路是条弯路，不能走，可是，她总是不信，等到走后才知道母亲是对的。然而她并不后悔自己走过这样的路。我们总是这样，在别人告诉我们哪条是弯路、哪条是所谓正确之路之时，总是将信将疑。或者说，即便是明知道自己所选的路的尽头是死胡同，仍然义无反顾地走了下去。我猜想，这便是人生。人生和治国本没有什么大的区别。或者说，任何学问上升到最高的地方，都是哲学。佛教亦是如此。《阿房宫赋》之中所感叹之事之所以如此发人深省，正是因为杜牧将它上升到了哲学的高度。于是它也便成了人生的哲理。而佛教更是一种纯粹的哲学。人们只有经历过人生大起大落，才能理解到属于自己人生的意义。

莫听穿林打叶声，何妨吟啸且徐行。竹杖芒鞋轻胜马。谁怕？一蓑烟雨任平生。

苏东坡词作之中，我最爱此篇。并非是他深得太白遗风的缘故，也并非他豪迈中带着那些许的微凉让人心疼。只是对于他对人生的感悟，极为钦佩。

所谓十地，我虽然能够简单理解，然而，生命于此、佛法于此又怎么能是我一个黄口小儿能够轻易辩解的呢？对于能够简单解释面前的五地，我已经对自己甚为满意了。

不禁一笑，感叹自己竟然也变了许多。少年之时的自己，总是希望寻个根由、分个对错。对于一切事情都能挑战一下，虽然蹦蹦跳跳十足像个小丑，却浑然不知。这本是一种幸福。然而，长大了之后，知道得越多，反思便越多，于是便开始畏首畏尾。所谓无知者无畏，其实是个很快乐的事。这便像台上的小丑一般，在他知道自己是小丑之前，他并不难过。散场之后的凄凉，也并不是来源于他对于寂寞的恐惧。他的失落和恐惧，其实是来自他的反思。当他回想起自己在台上的一举一动之时，便觉得自己甚为可怜起来。可见，人太过"聪明"，的确是个烦恼的事情。因为看得太真、想得太多，所以烦恼和愁思也便多了起来。

感叹过多，生活就进行得艰难。所以，当我们满脚深陷之时，不妨跳在半空中嘲笑一下自己。

## 第二章

# 轮回·相见何如不见时

莫谓流水不回头，
莫叹桥儿空自留。
循环不息的河流，
这世上到处都有。

甘丹寺，是格鲁派六大寺中地位最为特殊的一座寺庙，它是格鲁派的创始人宗喀巴于1409年亲自筹建的，可以说是格鲁派的祖寺，清世宗曾赐名为永寿寺。甘丹是藏语音译，其意为"兜率天"，这是未来佛弥勒所教化的世界。可见该寺僧侣信奉"弥勒净土"。宗喀巴的法座继承人、历世格鲁派教士甘丹赤巴即居于此寺。寺内保存着历代甘丹赤巴的遗体灵塔九十余座。1419年，宗喀巴在甘丹寺圆寂，灵塔内尚存宗喀巴的肉身灵塔。

甘丹寺位于拉萨达孜县境内拉萨河南岸海拔3800米的旺波日山上，距拉萨57公里。旺波日山犹如一头卧伏的巨象，驮载着布满山坳、规模庞大的建筑群，充分体现出传统藏传佛教寺院建筑因地制宜、傍山而立、群楼重叠的风格。

甘丹寺的壁画和雕塑都很精美，保存的文物也不少。然而，"文化大革命"时期，甘丹寺遭到了严重破坏，古老的建筑全部被拆毁，只留下残垣断壁，寺内的大量文物也基本被洗劫，连宗喀巴的灵塔也被摧毁。据说上面的一块世界上排第三的金刚钻也不知去向，只有小部分贵重文物得以保存下来。所以这个地区的很多老百姓很讨厌甘丹寺一带的人，说他们拆了甘丹寺，以后永远也不会有福。

文化这个东西，说它有用，那它便有颠覆宇宙的力量；倘若说它没用，它也确实是造不出一粒米、一根菜。

宗喀巴之所以能够受到西藏众生数百年的朝拜，最直接的原因当然是他以神的名义教化众生，但最根本的原因还是他带给了人民生存的希望和信仰，当然，他从某种程度上塑造了藏族人民的精神。

说到藏传佛教、格鲁教派、宗喀巴、仓央嘉措，那么不得不说的便是五世达赖阿旺罗桑嘉措。是他将格鲁教派发扬光大，也是他重塑拉萨的布达拉宫，奠定了格鲁派在藏传佛教中的统治地位。他也是连接了格鲁派以及仓央嘉措的最直接的那个人。没有他，格鲁派或许没有当时的如日中天，当然，也不会出现为世人迷恋的仓央嘉措。

1617年，藏历火蛇年，在西藏山南的琼结族人中，被誉为"猫眼宝石中的九眼珠"的标致女子产下了一个男婴。而这个男婴出生前，就有人预言了他伟大而又充满着耀眼光芒的一生，这个男婴就是五世达赖阿旺罗桑嘉措。

一位鹤发高僧曾为阿旺罗桑嘉措打卦，当他读出卦象中所蕴含的意义之后，他半天都没能回过神来。他瞪大着双眼不敢相信。等他神思回转之时，忙匍匐于地上，恭敬地为这个尚在母亲腹中的胎儿行了大礼，以表示自己对他的尊重。阿旺罗桑嘉措的父母均不解其意，忙将高僧扶起，希望他能够为自己解释疑惑。

这位高僧恭敬地对这对幸福的父母说道，他从木碗的清水中能够看到两个重叠的影子，一个影子是头戴黄帽、万人景仰的格鲁派活佛，而另一个影子是手持金印、执掌俗世的尘世之王。您的孩子不是老虎，也不是狮子。但是，他说出来的话，连老虎和狮子都要听。

其实，这段话的寓意是非常清楚的。但是，五世达赖阿旺罗桑嘉措的父母仍然不敢相信，他们甚至不敢往那个地方想，直到他出生的那天。相传，那是一个吉祥的早晨。红日东升，晴空万里，伴随着婴儿降世的哭声，祥云聚集，甘霖普降。不大一会儿，雨住云散，太阳再次破云而出，此刻，却又有一轮明月挂在天边。日月同辉，何等的吉祥景象，便随着婴儿的啼哭，就这样出现在了山南琼结族人的大地上了。

明朝末年，内地兵荒马乱，明王朝即将崩溃。五世达赖也洞悉了中原王朝即将更替的现实。他在和四世班禅以及固始汗的一次谈话中说道："老了的太阳快要落山了，新的太阳就要升起了。"五世达赖说完之后，三人相视一笑，其中深意早已心知肚明。1642年，他们派遣伊拉古克三呼图克图为代表，前往盛京。次年，伊拉古克三抵达盛京，清太宗皇太极亲自率领王公大臣出城远迎。1644年，清军入关，顺治帝即位，即派人入藏邀请五世达赖进京，然而未能立刻成行。此后，顺治帝又成1648、1650、1651年接连派人入藏邀请五世达赖进京。1652年正月，五世达赖在清朝官员的陪同下，正式进京，于次年抵达京城。

这样必将成为一段佳话的会面却难为了当时的大臣们。因为，如何见面，成了他们争论的话题。没有意外地，大臣们再次分成了两个阵营。一方认为，五世达赖作为活佛，是神界的尊者，皇帝虽为天子也应亲自前往迎接，一是效仿先皇，二是表达大清对于活佛的尊重。而另一方则认为，西藏活佛虽然甚为尊贵，但是隶属大清，则应为藩王，其地位并不能与皇帝相提并论。双方争执不下，最后则选择了一个号称"巧妙"的办法。顺治帝佯装打猎，尔后则与五世达赖一行队伍"不期而遇"，如此既不失天子威严，又能表现对于西藏活佛的尊重。如此，也算是煞费苦心了。只是这苦心用的地方，除了供千百年后的席间谈资，恐怕也不能再多些用处了。但是，这确实是从侧面表现了清朝对于藏传佛教的重视程度。

当时的清政府对于藏传佛教非常推崇，而五世达赖那让狮子、老虎都听他话的能力也得到了淋漓尽致的体现，然而却始终逃不脱"轮回"二字。盛极而衰、否极泰来。这八个字虽然简单明了，却阐述了中国人几千年来认识到的哲理。虽然这一哲理从各个方面都得到了验证，但也不得不说，其实这是条悲观的认识。

五世达赖从京城回到西藏之后，声望可谓如日中天。在他的努力下，布达拉宫得到了重新修复。其实，与其说是修复，倒不如说是五世达赖重新在布达拉宫原来的位置上再次建造了一座宫殿，因为当时的布达拉宫，早已没有了当日吐蕃王朝的气势。在吐蕃王朝土崩瓦解的几百年里，西藏各个势力割据，布达拉宫已经成为了一个类似寺庙的弘扬佛法的地方，想来必定是年久失修、断壁残垣。五世达赖一边弘扬格鲁派的佛法，一边重建布达拉宫。而就在这时，他还对西藏政府机构进行了一次完善，对寺院管理以及学经制度进行了重新修订，实行了西藏的第一次人口普查，还开创了祈愿大法会以及雪顿节等僧俗共享的节日。这也成就了他政教合一的伟大理想。

> 莫谓流水不回头
> 莫叹桥儿空自留
> 循环不息的河流
> 这世上到处都有

这是一首仿仓央嘉措道歌的诗。相传仓央嘉措圆寂之后，拉藏汗以及康熙帝都否认他的存在，于是重新树立新的达赖喇嘛，以此达到他们各自的政治目的。而西藏人民仿佛对此并不买账，他们对于自己的信仰深信不疑，即使是世人眼中所谓的至高无上的权力，在坚定的信仰面前都是脆弱的，薄得像纸一般。

轮回，这是一个零落了太多悲伤的词语。这首诗的作者，恐怕是站在高山上审视着仓央嘉措那悲情的一生，以及芸芸众生的悲苦才写下这诗的。我仿佛能感觉到这是他爬到山顶上、喘息过后的有感而发。那是一座算不上山的山，在西藏这片土地上，如此这样仅仅有几百米高度的山峰恐怕连仰视喜马拉雅山的资格都没有。山顶之上，甚至连积雪都无法寻觅，谈不上任何情趣。然而，当你站在山峰之巅，还是能看到清晰的西藏大地，一望无际的草地、凛冽的寒风、远方的雪山，还有一条条知名或者不知名的河流。

一抹绿情漂远方，淡淡雪山划哀伤。风刮起了西藏的命运，河流漂泊着仓央嘉措的一生。诗人爬到山顶之时，已经是气喘连连，在西藏的土地上，即使你站在低洼的地方，你仍然凌驾在世人的头顶之上。他是格鲁派的信奉者，是仓央嘉措最真诚的门徒。西藏的政权更迭，屠杀了众人的信仰，或许也屠杀了诗人的生命，他无法承受这本不该属于仓央嘉措的轮回。诗人瘫坐在山顶的石头上，那被风雨侵蚀了无数岁月的光华石面，并没有他想象中的冰凉。他调整自己的气息，静心看着河流。眼前的河流从没有这般恬静过，倘若不是有风吹过脸颊，他或许以为自己身在画中。也许此时此刻的他，只是缺少一副天使的翅膀，带他飞离人世。

他想起仓央嘉措的无奈，他想起仓央嘉措平静的脸庞，他想起那天空中为仓央嘉措飞翔低鸣的雄鹰。他想起自己，他纵使此刻有颠覆宇宙的力量，也无法帮助活佛逃离那他本不该停留的地方。他是无力的。一种烦躁感充斥着他的胸腔。他冲着远方嘶吼，他握紧拳头疯狂地发泄，他撕扯自己的衣服，他想要以任何他能够表达自己心中不快的方式来宣泄这样的欲哭无泪。无奈、无奈、无奈。我想，之后还是无奈。

还记得李煜吗？那个懦弱到没用地步的可怜男人。

李煜的治国之道可谓是贻笑大方之家。他无心治国，当然，他也没有这个能力。在他的心中，恐怕除了小周后之外，连他自己都没有什么地位吧。"奴为出来难，教君恣意怜"。这男欢女爱之情、女儿家可爱之态、闺中旖旎之情在他心中总觉得胜过了千军万马的气势、众生臣服的豪迈。昏庸误国，臣服于当世枭雄赵匡胤的阶下。被封违命侯，何其屈辱。然而，这对于他来说不是什么屈辱的事情吧，我猜。作为一个君王，他唯一值得尊敬的事便是他投降赵匡胤，以免百姓受更多的战乱之苦。作为一个君王，最大的成就是投降，想来也是极为可笑、可悲、可叹的事情。

四十年来家国，三千里地山河；

凤阁龙楼连霄汉，玉树琼枝作烟萝，几曾识干戈？

一旦归为臣虏，沈腰潘鬓消磨；

最是仓皇辞庙日，教坊犹奏别离歌，垂泪对宫娥。

李煜写完降表，便作此词。我想，在他的心中，恐怕最悲惨的无外乎是当亡国之奴、卑躬屈膝罢了。像他如此单纯斯文之人，怎能想象，在杀戮者面前，是没有任何尊严和道义可讲的。

赵匡胤死后，他的弟弟赵光义即位。这赵光义本是个卑鄙、下流之徒，他时不时地便污辱小周后。人言：杀父之仇、夺妻之恨，不共戴天。李后主在失去江山之后本想从此安度一生，奈何赵光义并没有想给他这样的机会。在他眼中，召幸小周后除了满足他的兽欲，更快乐的是，他能感到李煜被羞辱后的绝望。

窗外雨潺潺，春意阑珊。罗衾不耐五更寒，梦里不知身是客，一晌贪欢。

独自莫凭栏，无限江山。别时容易见时难，流水落花春去也，天上人间。

小周后临别之时的抽泣，弄得李煜心都乱了。他眼望着窗外，这屈辱的感觉充斥着他的心脏，他的心脏早已无法负荷，溢出来，又填满了他整个身体。圣旨到来，皇帝要召小周后进宫，一别又是数日，他不用想都知道要发生什么。他恨，他恨小周后为何生得这绝世的容貌，引来今天的屈辱，难道小周后也难逃红颜祸水之命？他恨、恨，他恨自己为何如此无能，拱手将这无限江山送与他人，他甚至觉得，是他的祖先给了他江山，所以才招来今日之辱。他恨、恨、恨，他恨这赵光义淫人妻子，完全有负他的英雄之名，他也不知道，这样的侮辱到底能给赵光义带来怎样的满足。他恨、恨、恨、恨。他恨。他也不知道到底该恨谁。

小周后哭个没完，哭得他心都乱了。他不知道自己此时此刻该做什么，是应该暴跳如雷还是应该和自己深爱的女子抱头痛哭。他抬起自己的手，抬到一半，又不知道自己到底抬手去做什么，只能缓缓地放下。他只是想要做些什么而已。然而，他知道，他什么都做不了。他轻轻叹息一声，抚摸了一下小周后洁白的脸颊。这里，已经很久没有了笑容。他再一次叹了一口气，张了张嘴，又叹了一口气。外面的太监大声说道："侯爷请速速放行，别为难咱们做奴才的。"

小周后走了，老天也开始下起了雨，像是定好了一般。李煜表面看起来是那么平静，平静得他自己都难以置信。原来，处理最天崩地裂情绪的方法，便是平静。他看着窗外，泪水也滑了下来。何物惹心碎，最是帝王泪。这样的悲伤，来得似乎有些太过悄悄。一夜无眠。未曾经历过这样的撕心裂肺，是无法体会一夜无眠的纠缠。回想曾经的点点滴滴，李煜更加痛苦。心脏仿佛被刀子划开之后又用尽全力撕开一般疼痛。他无法喘息，悲痛到无法悲痛。寒风拂过，他感觉到冷，由内到外、由外到内。他从来不知道，一个帝王，失去江山意味着失去一切，即便是苟且偷生亦不能得。他从未觉得自己是如此卑微，甚至不如门前走狗。往昔的美好在此刻都变成一把把锋利的矛，刺得他生疼。流水落花春去也，天上人间。

赵光义看到这首词的时候，极为震怒。"雕栏玉砌应犹在，只是朱颜改"着实触怒了他。或许，在他的内心深处，应该是高兴的吧。因为他终于有理由杀了这个"违命侯"了。本来，李煜拱手让出大好江山，他是没有理由杀掉李煜的，而现在他终于可以让他"名正言顺"地归天了。李煜被赐毒酒。多少恨、多少泪、多少痛，都随着李煜的"昨夜之梦"烟消云散了。还谈什么车如流水马如龙，还谈什么"雕栏玉砌应犹在"，便都化作那一江春水吧。然而，我想，李煜临终之时应该是快乐的，至少死亡是一种逃避快乐与痛苦的最简单方式。

和李煜不同的是，仓央嘉措并没有那奢华的生活。而所谓至高无上，在他们的面前都抵不过那一句"任君恣意怜"。爱江山更爱美人，这句话着实显得豪迈，但是在那些人身上便显得太过悲哀。历史仿佛总是那么相似，悲剧注定般一次次发生，我们无奈地管这样的场景和无奈叫作轮回。就像那美丽的河，循环、循环、循环，循环得那么伤感。伤感，我不知道这是不是专属于弱者的。然而这样的弱者，却成就了千古的温婉流转。

　　有人说，李煜的灵魂后来化作了柳永，柳永的灵魂化作了纳兰性德，纳兰性德的灵魂化作了仓央嘉措。我不知道这是不是真的。不管生命转世一说是否属实，即便是生卒年的考证来说，纳兰性德和仓央嘉措也应该没有任何关系才是。因为1683年仓央嘉措出生的时候，纳兰性德仍在人世。可是，我还是愿意相信这样的说法。不是为了学术，而是为了一种心灵的呐喊。这个世界总是如此，即便是在不同的国度、不同的年代，仍有那么相似的灵魂在人世的喧嚣中呐喊，即便声音是如此微弱，但我总相信他们之间存在着某种联系。这是一种浪漫主义的任性。

　　秉此殊业者，将于香拔雪山西南隅，降生成为众生主，执掌圣教护苍生。

　　这首诗出自仁增·单达林巴所著的《霹雳岩无上甚深精义》一书。传说，这便是仓央嘉措作为六世达赖转世的预言。诗中非常清楚地指出六世达赖仓央嘉措的出生地：向巴雪山门隅。不知道，我们是该因此庆幸还是哀叹，抑或是称赞藏传佛教的神奇。这其中蕴藏了复杂的感情，我大约相信，百年来有很多人跟我有过同样的感触。

门隅，这里是个神圣的地方，是金刚女神多吉帕姆的化身。她孕育了数之不尽的生灵，那里有鸟语花香，那里有河流潺潺，那里有清风细雨。当然，最值得骄傲的便是那个同样纯净的男人：仓央嘉措。

骄傲所生战乱日，心生厌离叛教法。莲花生大师幻化身，有缘生于水界癸亥年，尊者乌金岭巴降临世。

这首诗出自伏藏文献《五部遗教》中的《鬼神遗教》，它预示的是六世达赖仓央嘉措出生的年份：癸亥年。人们愿意相信这些，作为一个旁观者，渐渐地我竟然也有些愿意相信了。这没有什么不好，这是一种对于信仰的执着，是一种值得让人尊重的固执。我见惯了那些打着学术的口号摇旗呐喊、自以为是的笑容，让人感觉到某种"太过聪明"的厌倦。我猜，与其模棱两可还不如单纯而又固执地相信一些事情。于我，这样来得幸福一些。还记得某部热播电影中一句颇有意思的话，活着是种修行。人们总是在调整着自己的聪明程度，希望自己在该聪明的时候聪明，该愚蠢的时候愚蠢。或许有些累，但也不得不说，这是躲避灾难的最佳选择。虽然失去了稚嫩之时，那胸口冲向刀尖的最真切的痛。我猜，这大约就是修行的意义所在吧。或许，这是一种悲观的认定，因为有人相信，人生便是苦难。而更不幸的是，越来越多的人开始相信这种悲观，当然，这些人中也包括我。

仓央嘉措诞生之后，并没有像其他的活佛一样，被立刻接到拉萨进行加持和修行。因为此时的西藏正在发生着天翻地覆的变化。或许，这仅仅是一场变化的开端，然而。它正在进行。

五世达赖利用蒙古固始汗的军队以及自己在藏传佛教地区的威望统一了整个西藏地区的政治，然而，这也让固始汗的权力变得过大。就在这个时候，五世达赖也感觉自己的大限之期将至了。他的著作、他的至高无上的权力、他的桑结嘉措、他的西藏都是他无法放得下的。躺在床上的五世达赖开始感觉到一阵来自头部的昏沉，渐渐地睡去了。桑结嘉措看着这个深沉而又睿智的男子，心中不能免俗地有些难过。是他给了自己一切，是他带着自己走遍了整个世界，也是他让自己能够拥有众人的拥戴。他不知道为什么，这位神的使者如此相信自己。想着想着，他看到五世达赖渐渐睁开了双眼，和往常不同的是，这次眼皮仿佛那么难以开启。

五世达赖阿旺罗桑嘉措看着眼前悲伤的男子，左手轻轻拂着他的头顶，默默地念着祈祷的经文。而桑结嘉措也被活佛对自己的关爱所感动了，他不能忍住眼泪，于是身体渐渐颤抖起来。五世达赖感觉到桑结嘉措在抽泣，于是轻轻拍了拍他的头，说道："世间万物皆要终结。"停了一会儿，他又接着说道，"开始便是结束，结束亦是开始，孩子，不要悲伤。等等我，我就要起身飞翔了。"说完便微笑着离开了人世。

桑结嘉措起身擦掉眼泪，他知道，活佛已经转世去了。这对于他、对于格鲁教派、对于整个西藏的政权都是一种挑战。一个改变世界的决定在他的大脑中酝酿着，而这个绝对，也改变了那个即将出生的生命。说是改变，或许有些不恰当。换一种说法，应该是，这个决定注定了一个即将出生的生命的命运。桑结嘉措决定秘不发丧。因为在当时，固始汗掌握着军事大权，蒙藏两个民族之所以看起来团结异常，正是因为五世达赖阿旺罗桑嘉措的佛光照耀着蒙藏大地。桑结嘉措有理由相信，倘若五世达赖圆寂的消息一经散开，那么这样的平静便一定会被打破。于是他作出了这个决定，或许也是命运的安排被他接受了吧。尔后他便开始秘密联系葛尔丹，准备以此制衡日益强大的固始汗的蒙古军队。为了消除他人的疑虑，桑结嘉措还装模作样地派遣使者前往大清，请求已然亲政的康熙给予五世达赖阿旺罗桑嘉措册封。而康熙也效仿两位先帝，对五世达赖阿旺罗桑嘉措进行了册封，表示自己对于西藏政权的认定，以及对于西藏、蒙古联盟的默许，因为这个时候，他正在处理远方蠢蠢欲动的葛尔丹。

　　几年之后，当一切看起来是如此平静的时候，桑结嘉措却心中不免惴惴。因为潜意识里，他知道，这样的平衡终将被打破。这是一个精度极高的天平，他必须要小心翼翼地维持着所有的平衡，倘若有一丝差错，那么所有的政治格局、所有的平静都终将幻灭。而自己的地位，以及五世达赖辛辛苦苦创造的格鲁派的辉煌或许都会随着时间而烟消云散。于是他开始寻找转世活佛。而此时，距离五世达赖阿旺罗桑嘉措圆寂的时间已经有些年头了。

　　第司桑结嘉措所派去的喇嘛找到了那个不平

凡的孩子。这一日，仓央嘉措回到家中，看到几个戴着黄色帽子的僧人在和自己的母亲聊天，虽然他不知道戴着黄色帽子的僧人拥有什么地位，但是母亲对他们极为客气，而他们对待母亲的态度也很恭敬。或许，他知道，一些事情正向自己走来。其中一位年迈的僧人慈祥地看着仓央嘉措，面带微笑。这位老僧名叫曲吉卡热巴·多伦多吉，坐在他旁边的是多巴·索朗查巴。两位高僧在仓央嘉措家中对仓央嘉措进行了长达七天的考验，以证明他便是"转世灵童"。洗漱洁身之后的仓央嘉措坐在他们面前，他并不知道会发生什么，令他高兴的是这些天他都不用再去做些放牛、割草的事情了。他们让仓央嘉措指认物品、画像以及叙述一些简单的事情。而令年幼的仓央嘉措诧异的是，每次自己指认物品之后，面前的年迈僧人都会露出欣喜、激动的表情，慢慢地他们开始对自己变得越来越恭敬，甚至开始对自己行礼。尔后每一年，他们都会来到自己家中给家人带来丰厚的礼品。

住在布达拉宫的第司桑结嘉措收到消息，他们找到了"转世灵童"，悬着的一颗心，终于放下了。他知道，这便是事败之后的救命稻草，也是西藏最后的希望。心脏中藏着一个能够颠覆乾坤的秘密会是如何的感受，我从来没有感受过，然而桑结嘉措却有着最深切的体会，而这样的体会，一来便是十年。

仓央嘉措被发现后，并没有立刻被接到拉萨接受加持以及所有活佛固定的课程。因为西藏的局势以及桑结嘉措的决定，他不得不继续沉溺在平淡的生活中。我个人将这样的生活叫作"宿命"。这很是奇妙，自己对于自己的未来茫然不知，他甚至不知道为什么自己要在巴桑寺接受教育。他只是知道，自己生来便是这样，他甚至以为别人也都是如此。而命运之神正在他的背后，轻轻地推着他，使他一步一步走向远方。我想，他走得太远了些。不过，这总不是他刻意的路。他仅仅是个孩子。懵懂、无知，或许还有些憧憬。

你见，或者不见我
我就在那里
不悲不喜

你念，或者不念我
情就在那里

不来不去
你爱，或者不爱我
爱就在那里
不增不减

你跟，或者不跟我
我的手就在你的手里
不舍不弃

来我的怀里
或者
让我住进你的心里
默然相爱，寂静欢喜

这是一首名叫《班扎古鲁白马的沉默》的诗歌，是一个名叫扎西拉姆·多多的女孩写下的（众人的臆想、媒体的炒作，开始让这个本来简单的诗歌没有了归属）。据说，这首诗的灵感来源于莲花生大师非常著名的一句话："我从未离弃信仰我的人，甚至不信我的人，虽然他们看不见我，我的孩子们，将会永远永远受到我慈悲心的护卫。"这首诗之所以会被误认为是仓央嘉措所作，我猜大约也有些原因吧。对于像我这些对仓央嘉措一知半解的人来说，这确实是足够以假乱真。口吻、意境、境界，都是佛家风范。而且，和仓央嘉措一样，这是一首介于爱情与佛理之间的道歌，是一种纯洁的吟唱。你很难不想到爱情，它却又无法完全与爱情契合。这是一首能够净化人心的诗。

很多人愿意相信，这是一首关于爱情的诗歌，因为这样的深情确实是难得的。在这个纸醉金迷的世界，午夜让人迷醉，酒精使人沉迷在虚幻的世界中无法自拔，人们笑着、唱着，总是不忍、不愿接受清醒那一刻的失落。渐渐地，人们开始发现，原来浮躁是一种毒品，你深深地知道它的害处，你知道自己对它存在着怎样的厌倦，但是你仍然离不开它。在一天的忙碌之余，大家仍然愿意戴着另一副面具去放纵。殊不知，这样的放纵本是没有尽头的。放纵、放纵、放纵。最后你发现，除了放纵，你再没有任何东西。倒是那某一刻的灵台清净总是让你在迷乱之时笑容凝结在脸上，久久无法散去。

很多人愿意相信，这是一种超越世俗的恬淡。因为大家已经很久没有舔舐这样的温柔了。

我们跑着、跑着，哪怕是稍微跑慢了一点，都觉得自己已经被时代无情地抛弃了。哭泣，不是不想，只是没有时间而已。

而我，更愿意相信，这是一首诗歌，仅仅是诗歌而已。无关高尚、无关纯洁、无关爱情。我读着这首诗，抚摸着它，感受着它的肌肤，尔后我便任性地将这首诗归结于仓央嘉措的童年。在那里，仓央嘉措无须考虑任何其他的所谓对错，无须考虑自己是否是活佛，无须考虑自己是否需要爱情，无须考虑自己是否活着。他甚至无须考虑任何东西。所谓沉溺、麻木，与他无关，所谓爱情、哀伤，不知所谓，所谓信仰、教条，终将烟消云散。他只需要过自己的生活，无须考虑自己是否想要。一切随缘，一切随风，一切的一切都是那么自然。像是诗中最后说到的那样，寂静欢喜。

我总是在想，或许有一天，我也可以逃离自己所在的城市，忘记自己的名字，然后消失在地平线上。以一种寂静的方式离开，以一种恬淡的方式生存。寻找一个没有任何人知道我，我也不知道任何人的所在，在那里默默地做着自己所想要做的一切，写自己想要写的东西，做自己想要做的事。在那里，没有油盐酱醋、没有责任、没有亲人，甚至我所赚到的钱都不能养活自己。我在一个破旧的、漏雨的被遗弃的房子里居住，那里仅仅有一床棉被，或许，还有一张桌子。我每天早上坐在上面写东西，然后有不知名的大虫子突然爬到我的肩膀，我为之惊呼，尔后又嘲笑自己的胆怯。由于没有足够的经济来源，我不得不去挖些野菜吃，偶尔还要挨饿，然后用一把裂了口子的铁锹种地，撒上淳朴老乡送给我的种子，等待来年的收获。然后便是孤独一生。这本来和诗无关，只是我写出来，那便是诗了，和仓央嘉措的一生一样。我想，这大约就叫恬静。和这首诗给我的感觉一样，仓央嘉措诗歌式的生活。

很多人追逐这样的生活，在不同的年代、不同的空间、不同的躯体之中蕴含着如此类似的灵魂。在这一时刻，我们不得不承认"轮回"一说。陶渊明所向往的生活也是如此，而他也确实实现了。"采菊东篱下，悠然见南山"两句共十个字，不知道让多少人向往了一生。虽然人们知道，现实中这样的生活或许比理想中要困难许多，然而还是有一代代人追随。这是一种对于心灵纯净的深刻的祈求。

## 第三章

# 信仰·不负如来不负卿

从东边的山尖上，
白亮的月儿出来了。
"未生娘"的脸儿，
在心中已渐渐地显现。

扎什伦布寺，坐落在西藏日喀则的尼色日山下。那里是雅鲁藏布江及其主要支流年楚河的汇流处。当然，这也孕育了西藏最为幸福的人民。日喀则在藏语中的意思便是"水土肥美的庄园"。而建造扎什伦布寺之人便是宗喀巴的弟子根敦主巴。根敦主巴十五岁时在纳塘寺出家为僧，从团柱凯珠为师，受沙弥戒，二十岁受比丘戒，学《释量论》，住各寺游学，尔后声望渐渐增加。尔后，宗喀巴在乌斯地方创立格鲁教派，根敦主巴随师父团柱凯珠前往朝宗喀巴，请问因明论之疑难，并听讲了不少义论、中论疏、侍师五十颂疏等，深受宗喀巴赞许，于是被纳为弟子。宗喀巴圆寂之后，根敦主巴依第二任甘丹赤巴甲曹杰学显密二宗，自谓"复从克珠杰学多要法"。学有所成后返回西藏。尔后，根敦主巴在西藏日喀则建立了日喀则地区最大的寺院：扎什伦布寺。尔后，达赖喇嘛活佛转世的系统渐渐成型，根敦主巴便被追认为第一世达赖喇嘛。

第司桑结嘉措隐瞒了五世达赖阿旺罗桑嘉措的死讯，尔后便一边亲近葛尔丹以此制衡蒙古军队，一边向康熙请求册封。接着便秘密寻找五世达赖的转世灵童。这个心中装满了欺骗的第司，仿佛在某一时刻将这个类似天平的关系做到了完美无缺。康熙皇帝面对着葛尔丹的咄咄逼人自顾不暇，而固始汗的两个儿子对于政治完全没有任何野心和报复，转世灵童仓央嘉措也已经被找到。他仿佛已经走向了他预计的某种完美。然而，好景不长，康熙皇帝御驾亲征，大败葛尔丹于漠北昭莫多，葛尔丹主力被悉数歼灭，仅有十数骑冲出重围逃走。桑结嘉措手中的平衡也随着葛尔丹的烟消云散刹那间便被击破了。康熙皇帝在俘虏的口中得知，五世达赖阿旺罗桑嘉措已经圆寂多年，震惊之后便是勃然大怒。对于桑结嘉措的欺骗，康熙的震怒来得极为恰当。

以下是康熙给桑结嘉措的敕谕，翻译为白话大意为：

朕崇道法而爱众生，所以，对实心以护道法的人给以眷佑，对阴谋诱人以坏道法的人给以谴责。你原系达赖喇嘛下面管事人，因你不违背达赖喇嘛指示，辅助道法，所以朕才对你加封。现在看来，你阳奉宗喀巴之教，实际上却与葛尔丹狼狈为奸，欺骗达赖喇嘛、班禅呼图克图，而败坏宗喀巴之教。先是，你诈称故达赖喇嘛尚存，派遣济隆呼图克图前往葛尔丹所在地乌兰布通，为葛尔丹诵经，选择交战日期；葛尔丹失败之后，又以讲和为词，贻误我军追赶，致使葛尔丹得以远遁。朕为众生遣人往召班禅呼图克图，你又诓骗班禅，说什么葛尔丹将要杀害，不使他来京师。青海博硕克图济农私下与葛尔丹结姻往来通信，你又不举发；实际上，如果没有你，博硕克图济农与葛尔丹之间不会相遇联姻。葛尔丹相信你教唆的话，才不遵朕旨。现在西藏许多喇嘛都告诉朕说，达赖喇嘛已圆寂九年。对此你竟敢匿而不报丧，并支持葛尔丹兴兵对抗朝廷，罪恶甚大，何去何从，近期内速来奏报，否则后悔无及！

我猜桑结嘉措对于这样的结果必定是早有心理准备的。当他选择秘不发丧之时，便早已料到今日注定了的窘迫。于是他急忙写信回复康熙皇帝，并请罪。

众生不幸，五世达赖喇嘛已经于水狗年即康熙二十一年示寂，即欲报奏，前恐唐谷特民人生变，且有达赖喇嘛遗言和护法王之授记，言"必至相合之年岁始闻天朝皇帝及众施主"，故未发丧。转生静体今年十五岁矣，当于十二月二十五日出定坐床，求大皇帝勿宣泄！至班禅因未出痘，不敢至京，济隆当竭力致之京师，乞全其生命戒体……

桑结嘉措的这封回信极为聪明。他首先避开了康熙关于他与葛尔丹勾结之事，转而尽量多着墨于隐瞒五世达赖圆寂之无奈，如此便显得他极为委屈。此举可谓高明。而康熙接到书信之后，也接受了桑结嘉措的理由。而这时，仓央嘉措便被众人拥簇前往拉萨，开始了他人生最为戏剧性的开始。而这个开始，仅仅是开始而已。

桑结嘉措首先告知众人噩耗，在布达拉宫召集所有的僧众官员、色拉寺和哲蚌寺的高僧大德，宣布："五世达赖喇嘛实系观世音菩萨，不受生死的限制，但是为了显示当今人的寿命为百岁之限，已于水狗年圆寂。如今达赖喇嘛的灵童不仅已经降临人世，而且将在燃灯节（藏历十月二十五日）被迎请登临无畏雄狮宝座之上，要排除一切悲痛，庆贺登位典礼。"尔后则带领众高僧前往浪卡子迎接活佛。在浪卡子，五世班禅与活佛相会，或者说，是一种重逢。从此，仓央嘉措变成了"罗桑仁钦仓央嘉措"。

我不知道仓央嘉措是否知道自己在做什么，然而一个仅仅十多岁的少年，他除了知道自己已经是活佛外，那些背后的东西相信他也是懵懂的。他糊里糊涂，但是又有些飘飘然，因为被众人拥护、仰望的感觉实在是一种难以言喻的快乐。他从没有如此深切地体验过这样的快乐。他一路享受这样的拥戴，也一路飘飘然。他从一个不知名的穷小子，顿时成为了西藏最至高无上的神。他一直在接受别人的跪拜，甚至为他送行的亲人都要跪着淹没在人群之中。他知道，在遥远的地方，有一个他将永远待下去的所在，在那里，他的一生都要接受别人的仰望。虽然这并不是值得雀跃的事，但总不是什么坏事，他想。终于到达布达拉宫，又是累月的庆祝和朝拜，他已然有些乏味。甚至他心中有一丝不安，因为在他的耳畔总有人希望他给予祝福和庇护，然而他却不知道如何庇护他们，虽然他现在已经是活佛了。

欢庆总是要有结束的那一天。有一句常用却略显庸俗的话形容此时的情况似乎非常恰当，天下无不散的筵席。曲终人散之后，接下来他要面对的是无尽的修行。桑结嘉措为他安排了多位高僧，分别向他传授佛教经典以及五世达赖所著书籍。五世班禅罗桑益西、阿里格列嘉措、冉达岭巴等人每天不停地向他讲述佛教经典。而桑结嘉措则每日前来监督他。这让本来过着"闲云野鹤"生活的仓央嘉措难以喘息。然而他也知道，这个桑结嘉措便是那个西藏拥有着最至高无上权力的男人。众人对他都是极为敬畏，且唯命是从。自己也必须对他毕恭毕敬才是。渐渐地，仓央嘉措感觉到一种沉淀了许久的压抑感涌出，他仿佛慢慢无力负荷了，而这时，曾经常挂脸颊的清澈笑容也飞走了。这样的悲痛和曾经的随性仿佛是两个人生，他感觉自己已经深陷沼泽，他想要呼吸，他想要呼救，他想要流泪。然而，这并得不到任何人的关注，因为跟随在他身边的侍从永远是一副敬仰的表情，倘若自己有什么不快，他们便是诚惶诚恐，仓央嘉措不愿意让他们感觉到痛苦，所以只好自己承受这一切。身边的高僧嘴里除了经文便是经文，自己倘若有一点懈怠，他们动辄便要下跪请罪。而桑结嘉措只关心他的学习情况，因为活佛坐床的前三年需要有众多得道高僧轮流授课才行。桑结嘉措知道，仓央嘉措并没有像以往的诸位活佛一样从小接受格鲁派高僧的教育，所以对于仓央嘉措的所学佛教知识，他极为着急。

向活佛仓央嘉措传授经文的最为和蔼的便是五世班禅罗桑益西，这个得道的高僧待人极为和蔼。他总是反复谦卑地问着仓央嘉措，自己所说的东西他是否能够听懂。偶尔，他还会向活佛讲述自己的经历以及发生在众僧之中的一些趣事。仓央嘉措只有在罗桑益西这里才能偶尔感觉到些许的快乐。因为只有在他的面前，自己才不会被永无尽头地高举，自己才是一个真正的人。

仓央嘉措听着班禅罗桑益西在旁念着经文，他完全无法听进去哪怕是一个字，他感觉压在胸口的石头越来越重，他无法和别人交谈、他无法做自己喜欢做的事、他无法和哪怕一个人说说心里话，他甚至不能埋怨不能生气也不能开心。年轻的仓央嘉措孱弱的肩膀无法负荷这些东西，慢慢地他开始掉下眼泪。

一旁为活佛讲经的班禅罗桑益西有些惶恐地问道："活佛，是不是老僧所讲不太清楚？还是您心中有些郁结无法清除？"

仓央嘉措感觉自己确实是有些失态，于是忙

摇头，想要制止自己懦弱的眼泪，然而，这却完全起不到任何作用。泪水仿佛决堤般涌出。仓央嘉措痛苦地抽泣着，完全说不出话来。

班禅罗桑益西在一旁默默地等待着仓央嘉措的平静，这位得道的高僧仿佛能够洞悉世间一切事物一般。

渐渐地，仓央嘉措停止了哭泣，眼泪仿佛也干涸了。冷静下来的仓央嘉措轻声地说道："我感到非常痛苦和无奈，仿佛世间一切都涌向我，我根本无法喘息。"

班禅罗桑益西谦和地说道："活佛您虽然尚且年轻，但是，您和普通的年轻人不同，在您的身上有着更为重要的责任。您虽然感觉到压抑，但这是正常的，因为您所受到的苦将使您成为这世间最崇高且值得让人尊敬的神。您之所以受苦，是为了让众生不再受苦；你之所以流泪，是为了让世人不再流泪。"

仓央嘉措第一次知道，自己所承受的竟然如此有意义。他有些想不通，但仿佛又有些明白。

班禅罗桑益西微微笑了笑，接着说道："活佛您生来便不同，正因为如此，您的生活也不同。正因为有您，西藏才能够平安；正因为有您，西藏的百姓才能生活。"

仓央嘉措仿佛有些释怀了。然而当他再次听到那些永远也读不完、看不遍的佛经时，心中还是有些压抑。有时他也会想，为什么是自己，为什么芸芸众生之中只有自己要承受着如此的压抑和不快。而令他更为不解的是，自从他成为格鲁派活佛之后，必须要严守戒律，他不能明白的是，戒律和佛法难道真的有冲突么？他离开了家乡、离开了某某、离开了亲人、离开了本来属于自己的生活。门隅，那里有他放的两头牛，有陪他聊天的伙伴，还有那本来就是纯净的一切。然而当他来到这里的时候，却发现，一切都变了。佛祖的存在仿佛有了某种特定的意义：佛祖维系着某些人的至高无上，而这些人之中，也包括他自己。他对佛祖深信不疑，然而，他并不知道，自己竟是观世音菩萨的化身。他有些怀疑，但又不得不深信不疑。因为他确实承载着太多人的幸福和期望。他要为西藏的百姓赐福，他每天要为那些辛苦劳作的人民祈福，希望他们能够平安、快乐地度过一生，即便自己一生清苦。然而，在他的内心，他不知道这一切和自己喜欢的女子有什么冲突。

这一切的一切在他的心中搅拌着，世界变得浑浊不清，他的心被搅得生疼。他有些害怕，他害怕自己无法承担这样的重任。午夜梦回，他在疯狂地嘶吼。侍从被他的声音惊醒，焦急地跑了过来，却看到仓央嘉措泪流满面，衣衫不整。这样静谧的夜晚显得那么凄凉。侍从心中非常担心，因为活佛越来越难以成眠，而且越来越容易在梦中惊醒。看着他不断被梦境折磨，自己心里也是极为痛苦。

侍从边哭边说道："尊者不要被邪魔所迷惑，西藏的百姓要依靠尊者的庇护才能生活下去。为了西藏的百姓，您一定要珍惜自己的身体啊。"

仓央嘉措仍痴缠于梦中的惊悚。梦中，桑结嘉措训诫式的嘱托一直在耳畔萦绕，不断地重复着。他捂着自己的耳朵，但是声音仍然不断进入自己的脑海。他闭上眼睛，却变成了猛兽向自己扑来，他的挣扎起不到任何作用，因为他能感觉到自己身上的肉被桑结嘉措变成的猛兽一口一口地撕了下来。他想念那个清澈的人，想念自己的母亲和姐姐，想念门隅纯净的空气，想念那里他放牛的日子，他想念那里的佛祖，他想念自己还不是活佛的日子……

侍从跪在一旁，眼神中透露着关切。他知道，自己或许是活佛身边最亲切的人了，因为没有任何一个人真正关心过这个年轻的在外流浪了十几年却突然被尊奉为神的孩子到底在想些什么。他只看到每天有无数的高僧轮流为活佛讲着数不完的经书，每天也有数不完的朝圣者前来朝圣祈求赐福。尽管如此，桑结嘉措仍然不满意活佛的表现，语气虽然和蔼但总是透露着一股责备的感觉。侍从轻轻地说道："尊者，您知道吗？"说完，他看了看活佛的表情，麻木。除了这个词，他想不到更为恰当的词语来形容此时活佛此刻的表情。叹了一口气，接着轻轻说道："您知道吗？其实您无须听任何人的话，普天之下，您是最崇高的神。"说完，侍从便低下了头。

仓央嘉措仿佛有些明白了。自己是活佛呀，自己有着最至高无上的地位。第司虽然是西藏主掌政治的王者，但是，所有的权力都是活佛赐予的。正因为有活佛，才有班禅，才有第司。他们应该听自己的才对。为什么自己要接受他们的安排呢？

这一日，桑结嘉措如往常一样，在黄昏时来看仓央嘉措，检查他一天的收获。问道："尊者今天学了什么经文，有哪些思考？"

仓央嘉措冷眼看着站在眼前的桑结嘉措，他第一次用那么冷漠的、去除了尊敬的眼神盯着他。略显大声地说道："我，罗桑仁钦仓央嘉措，观世音菩萨的化身，是否需要每日向你讲述我的所作所为？"

一旁的班禅罗桑益西有些沉默，即便是他知道，拥有着坚毅目光的活佛所思、所想、所讲之物定非凡人所能揣度，然而他仍然是有些震惊，甚至有些佩服。如此年轻便敢于向拥有着至高无上实权的西藏之王桑结嘉措公然宣战。

而站在仓央嘉措对面的桑结嘉措更为震惊。他没有想到，活佛竟然这样对他说话，活佛竟然对他有这样的质疑。他内心的某些深处的自私被揭露到太阳底下暴晒，他仿佛有些受不得，但是，毕竟年龄、阅历上有着悬殊的差距。这个连康熙都敢欺骗，将蒙古王以及葛尔丹玩弄于股掌之间的男人马上镇定了下来。说道：

"活佛责备，深记于心。但是，尊者您既贵为观世音菩萨化身，就不得不为天下百姓考虑。而我，也不得不为尊者您考虑。"深吸一口气，桑结嘉措说道，"作为您前世的弟子，我不得不将我的所有倾囊相授。而正因为您的地位，您也不得不为您所有的追随者考虑。"桑结嘉措用他坚毅的眼神注视着这个渐渐成长的少年。

这人生第一次的反击并没有持续很久，仓央嘉措渐渐觉得桑结嘉措说的是非常正确的。他见过前来西藏的朝圣者是如何虔诚，他知道西藏的百姓生活在天灾和战乱之中。来自民间的他也经受过生活的洗礼。他看到过自己的信奉者在他面前低头行礼，他确实希望将自己的所有奉献给那些信奉他的人。倘若自己真的有能力给他们赐福，那他愿意放弃自己。他的勇气在渐渐流逝，他桀骜的头渐渐地开始低了下来。

一旁的班禅罗桑益西赶忙出来打圆场，说道："尊者领悟佛理必然有所思考，这是非常值得欣喜的事情。老僧年迈，必有所误，还请尊者和第司大人勿要见怪。"

桑结嘉措微微一笑，那是属于王者的笑容，他的目光带着某种长期经受考验的光芒。他转移了注视在仓央嘉措脸上的目光，微微摇头，又看向班禅罗桑益西，说道："将尊者托付于您了。"说完，桑结嘉措起身离开。走了两步又回身，目光停留在仓央嘉措的侍从身上，严厉地说道，"尊者生活起居都由尔等照料，倘若尊者满意，这也是尔等前世的造化。倘若尊者不满意，那将是你们用尽余生都无法偿还的。"说完，大步离开了。

仓央嘉措有些灰心，在面对桑结嘉措的时候，他仿佛一开场便注定了失败，这并不是他所预料到的。他知道，自己低估了这个维系整个西藏的男人，他能感觉到桑结嘉措身上那种天然的王者气息，他甚至有些自惭形秽。他缓缓瘫坐在自己的座位上，失去了语言和思考的能力。自己在桑结嘉措面前简直完全是赤裸裸的一个人，一言一行甚至脑海中的任何思考都无法逃过。

班禅罗桑益西注视着眼前的一切，他能感到某种来自内心深处的不安。罗桑益西虽然年迈，但他跟随着五世达赖罗桑嘉措经历过风雨，也深知权力的斗争是何等残酷。当然，他也知道桑结嘉措是何等人物。桑结嘉措掌管西藏政务数十年，怎会被一个初出茅庐的小孩子轻易击败？他渐渐觉得，在如履薄冰的西藏，未来将会有一场灾难，只是不知道暴风雨是来去匆匆还是一来便不再走了。

在仓央嘉措的诗歌中，我从未看到过有关权力的斗争，也从未感觉到过他对权力地位的任何渴望。身处权力斗争的最前线，这样的清澈委实来之不易。然而我却看到过许多有关仓央嘉措争夺西藏实权的猜测。对于我来说，这是对我心中信仰的亵渎。在我看来，一个混迹于山野之中十数年，尔后便被软禁布达拉宫之中的少年来说，"权力"这个概念显得太过模糊了。我更愿意相信，他所谓的反抗，其实是一种对于人生的不顺从。说得华丽一些，叫作"桀骜不驯"。

李煜无心政治，即便是在他失去皇帝宝座之时，在他心中所充斥的也只是耳鬓厮磨之事。然而，即便是如此淡薄名利，他仍然有"雕栏玉砌应犹在"的感叹。回想"旧时游上苑"，"车如流水马如龙"的幸福感在心中久久萦绕。那是对于权力、富贵的留恋。

这些东西在仓央嘉措身上都是无处可寻的。在他心中更多的是有关佛理的思考，以及人生的感叹。


从东边的山尖上，
白亮的月儿出来了。
"未生娘"的脸儿，
在心中已渐渐地显现。

喜欢于道泉先生对于仓央嘉措诗歌的理解，质朴而又深沉。我并不认为仓央嘉措是一个喜欢着墨描写类似"花开花落"之事的诗人，他更多是将笔墨用在抽象事物的思考之上，就像是这首诗中所说的东西一样。"未生娘"可以理解为一个名叫玛吉阿米的姑娘，当然也可以理解成佛教真知。在西藏，更多的人认为这是一种类似冥想时候的超然。我们将这样的豁然开朗叫作"顿悟"。

心头影事幻重重，化作佳人绝代容。
恰似东山山上月，轻轻走出最高峰。

较之于道泉先生的将仓央嘉措的清澈凸显到极点，曾缄先生加入了更多语言方面的巧思。一个"轻轻走出"将仓央嘉措的内心世界表达得淋漓尽致。然而，即便是曾慎言先生运用如此"委婉"的方式对仓央嘉措的诗歌进行再创造，他也始终坚持着仓央嘉措的本意。

天色渐渐昏黄，仓央嘉措于佛前冥想。青灯古佛的恬淡仿佛已经成了他一生的背景。对于经文，他深信不疑。然而，在他的脑海中，仍然出现了那熟悉的脸庞。年轻女子的脸庞，头发略显凌乱，然而却总有些俏皮。他并不觉得这样便是亵渎了佛祖，他的人生便是如此经历，他没有强求过，也从未抵触，他按照佛祖的方式修行，脑海中便随着冥想产生了那个深烙于心的脸庞。他并不觉得害怕，因为在这一刻，他是真的属于那个女子、属于佛祖，也属于他的心。他无须再考虑任何别的东西。清风拂面，带来一缕香火的味道。那里并不是朝圣者可以上香、参拜的地方，至少暂时是这样的。因为无须点燃更多的香，于是这气味也并不觉得让人烦腻。他很喜欢这样的感觉。木鱼嗒嗒嗒响着，仅仅是响着。他竟感觉有着某种忘却生命的平静。这样的感觉依稀在某个地方、某个时间里存在过，或许是在年幼之时，或许是在某个同样的夜晚，或许是在母亲的腹中。他无从想起，而这样的茫然也让他在一片平静的心湖中看到一丝涟漪。

何必追逐这样永无答案的思考呢？他感觉自己也有了某种领悟，像是顿时经历了人间最诚实的欢喜。他起身，看到自己的肉身还在敲打着木鱼，在佛前参悟佛法。他用手轻轻抚着自己的头顶，像是在为自己赐福。窗外的月色格外洁白，仓央嘉措的灵魂双手合十，向那铺遍大地的月光恭敬施礼。这样的感觉竟和太白"对影成三人"格外相似。不是孤独，是一种超然。两个仓央嘉措合为一体，他轻轻睁开眼睛，然后甜蜜地笑了。

关于爱情和佛理，这在仓央嘉措的诗歌中并不少见。甚至可以说，他的诗歌大部分都阐述着某种看似过于简单的道理。然而当你细细品味之时，发现，他所阐述的道理竟再真实、深邃不过了。这有些类似王小波所要表达的。应该说，诗人和作家们往往以各种各样的方式阐述着相同的东西。

王小波先生在他的杂文中记述：一位英国的画家将自己的作品集结一处，开办画展。然而参加的人们竟然发现，他所描述的英国天空竟然是一种暗红色。大家都非常诧异，于是走出展览馆，抬头仰望天空，竟发现英国的天空确实是因为污染而变成了红色。人们极为诧异，因为天空在大家的印象中是蓝色的。先生说，他也想说，他的作品所阐述的也是如此。虽然大家乍一看觉得这世界并非像他笔下一般，然而终究却会发现，这个世界就是如此。

而仓央嘉措的诗歌总是给人一种太过简单、

太过潦草的感觉。可是当你仔细感受生活、体会人生的时候，你会发现，人生就是这样。这样的真理，其实往往是被人们忽略的。

自己的意中人儿，
若能成终身的伴侣，
犹如从大海底中，
得到一件珍宝。

意外娉婷忽见知，结成鸳侣慰相思。
此身似历茫茫海，一颗骊珠乍得时。

仓央嘉措的信仰，这是个值得讨论的话题。近年来，随着仓央嘉措越来越被接受，关于仓央嘉措的各种讨论也越发多了起来。关于仓央嘉措圆寂于何处、何时，关于仓央嘉措的道歌抑或是情歌的话题，数百年来有着太多的争议。西藏复杂的政治格局造成了仓央嘉措的悲哀，甚至，他无法被容忍存于世上，以一种近乎戏剧的方式铭刻在了每个喜爱他的人心中。于是，这个谜一般的男人，也终于成了一个谜。罗桑仁钦仓央嘉措的追随者，更愿意相信他留下的是亘古绵长的道歌，而仓央嘉措的追随者则愿意相信他留下的是缠绵悱恻的情歌。这是永远无法分辨的。因为倘若不是仓央嘉措自己解释，这个话题便会永远讨论下去。于我，我更愿意相信仓央嘉措所留下的是道歌。因为根据记载以及较为精确的翻译，这些诗是道歌无疑。仓央嘉措未曾如众多格鲁教派的僧人一般摒弃红尘。他是身处红尘之中的漂流浪子，是一个深沉执着的情僧，也是一个虔诚的佛教徒。在他身上，记录着凄美、委婉的爱情故事，也记录了桀骜。

我总是在想，爱情和佛祖真的是相悖的么？在我这里，这个问题的答案，一直都是否定的。在我看来，爱情和佛祖虽是近乎抵触的东西，但并不阻止二者融为一体。这便像生与死的话题。记得金庸在《倚天屠龙记》中，曾对生死有过相当独到的见解。那便是明教教义之中所阐述的，而这一段也是体现在了全书最精彩的一个地方：光明顶一战，张无忌独力挑战六大门派之时，明教高手受到奸贼成昆的暗算，身受重伤，而这时六大门派率领着各门派的精英弟子已经攻上了光明顶。光明左使杨逍、白眉鹰王带领着大家山呼明教教义：

……焚我残躯，熊熊圣火，生亦何欢，死亦何苦……

我想这必定是经历了悲欢离合的撕心裂肺、颓废沉沦的万念俱灰、梦醒时分的恍然大悟之后才能得出的至理名言。

若不常想到无常和死。
虽有绝顶的聪明，
照理说也和呆子一样。

不观生灭与无常，但逐轮回向死亡。
绝顶聪明矜世智，叹他于此总茫茫。

我猜，仓央嘉措大约也想到过死。我未曾见过大儒、大德不曾参破生死的。可见，仓央嘉措对此必有过一凡思量。这也正是佛法所在之处。佛家总是谈到死亡之后的事，为人们描绘出一幅过于美好的画面。我曾说过，我是个悲观主义者，我总是不相信人死后会是一片美好。佛家所言轮回，我更愿意相信轮回是为了承受无尽的痛苦。

## 第四章

# 爱情·深怜密爱誓终身

自从看上了那人，
夜间睡思断了。
因日间未得到手，
想得精神累了吧。

遍地柳树，淙淙流水。这里便坐落着拉萨最著名的寺庙之一，色拉寺。色拉寺，全称为"色拉大乘洲"，位于西藏拉萨布达拉宫北面三千米巨石峥嵘的色拉乌孜山脚下。它和甘丹寺、哲蚌寺合称"拉萨三大寺庙"。关于色拉寺名字的来源，有两种说法：一说该寺在奠基兴建时下了一场较为猛烈的冰雹，冰雹在藏语中发音即为"色拉"，所以寺庙建成之后便取名"色拉寺"，意为"冰雹寺"；一说该寺兴建在一片野蔷薇花盛开的地方，故取名"色拉寺"，藏语中野蔷薇的发音也是"色拉"。我更愿意相信"色拉"之名源于后者，因为野蔷薇这个来源更浪漫一些。

说起色拉寺，最有名的便是"辩经"。这是一种佛学知识的讨论，也可以说是喇嘛们一种学习的方式。色拉寺的僧人们每天都有一次辩经活动。这是一种富于挑战性的辩论，他们或击掌催促对方尽快回答，或拉动佛珠表示借助佛的力量来战胜对方。在我看来，这是一种极为真诚、愉快的表现。而且，色拉寺还有一个特定的盛大节日，叫作"色拉崩钦"，意为色拉寺独有的金刚杵加持节。传说，15世纪，由印度传来一个金刚杵，人称飞来杵，后来由结巴札仓堪布于藏历十二月二十七日迎入丹增护法神殿中供奉。过去，按照习俗，每到十二月二十七日清晨，结巴札仓堪布升座，手持金刚杵给全寺僧人及前来朝拜的信众击头加持，以表佛、菩萨及护法神的护佑。每年这天来色拉寺的信徒数以万计。

佛教徒们对仓央嘉措的故事也深信不疑。当然，如今的学者根据史料以及仓央嘉措的道歌分析，他崇拜爱情，这已然是个事实。而我对于这一点也是同样深信不疑。这仿佛像是某种巧合，仓央嘉措的爱情和色拉寺遍地的野蔷薇。

仓央嘉措在床上打坐，这是每天最让他能够感觉到自由的时候，他喜欢这样无拘无束的感觉。在狭小空间内，他是自己的王。他虽然对自己的信仰极为疯狂，但是这样的感觉在被强迫学习佛经之时却消失得无影无踪。他怀念曾经的山野生活，那里有他的牛、那里有他的亲人、那里有他熟悉的山山水水。他可以想学习什么便学习什么，想做什么便做什么。虽然在那里，没人觉得他有什么特别，也没有人对他毕恭毕敬。可是，这些也不是他所需要的。他只需要自己。然而如今，他不得不屈服。屈服在桑结嘉措的脚

第四章　爱情·深怜密爱誓终身

069

下、屈服在佛祖脚下、屈服在自己的信仰之下。这是一种比一切侮辱的语言、行为都来得撕心裂肺的屈服。他无法反抗，因为，这便是他的人生。宿命，总是在万般无奈的情况下被提起，然后显得更加无奈。这样的生活压得他无法喘息，他从未觉得人生是件需要如此痛苦的事情。他也未曾知道，信仰是一件如此沉重的巨石，压在他的胸口上，他努力挣扎想要求生，而令他绝望的是，他看到这块巨石纹丝不动。他知道，自己只有静静等待鲜血干涸，那才是他的归宿。

他想到了背叛。或许，这才是他唯一的出路。他无法承受这样的重负，他觉得自己根本不是一个合格的活佛，自己根本不能给任何人赐福，他甚至不能主导自己的人生，又何来庇护天下一说呢？他在自己的思维世界中挣扎，而这样的挣扎似乎太过微弱，因为他看不到任何希望。摆在他面前的是将大清、葛尔丹、蒙古玩弄于股掌之间的桑结嘉措。这个男人，仅仅是一个眼神变能让他感觉到自己的渺小。他也舍不得伤害五世班禅罗桑益西。这个睿智的高僧对自己极为宽容，他慈祥的背后是一片能容纳一切的大海。他更加不忍心背弃信奉他的人，因为在坐床之时，他亲眼看到过那些信徒的虔诚，他们从布达拉宫所在的山下一步一叩首地走了上来，仿佛用尽全部生命来祈求自己赐福，而他，甚至无法给予他们一丝一毫。他有些罪恶感，忍耐却又无法面对自己。

旁边的侍从看着仓央嘉措愁眉紧锁的样子，心中也是极为不忍。在照顾仓央嘉措尊者近一年的起居之后，他对这个另类的活佛有着说不出的崇敬之感。仓央嘉措尊者并不像别人一般，每天的生活都是按部就班，整日板起脸孔，张嘴闭嘴的佛曰，动不动就要引用经典，说一些高深到无人能懂的语言。而仓央嘉措尊者更令他惊讶的是，身上散发着一股特别的香。他服侍仓央嘉措尊者的起居，当然知道他并不用香料。而且，即便是香料，也没有如此沁人心脾的气味。偶尔仓央嘉措尊者心情大好之时便会将自己唤至身旁，为他膜顶赐福。之后几日他便能感觉到有一种力量让自己特别轻松，身体也舒适许多。然而，随着长时间的束缚，尊者已然没有曾经的快乐了，仿佛已经很久没有笑容出现在脸上了。侍从心中忍耐不住，于是轻轻说道："尊者是否不开心呢？"

仓央嘉措在自己的世界挣扎着，如往常一般，听到侍从和他说话，于是他叹了一口气，说道："开心不开心也只不过是徒劳罢了。"尔后便陷入了长时间的沉默。

仿佛下了极大的勇气，他握着双手说道："尊者如果愿意，我可以给您准备一套便服，这样您也可以偶尔出去散散心。只是不要被人发现便好。"

仓央嘉措很开心地笑了笑，说道："真的吗？可以吗？"

侍从也笑了笑，他被仓央嘉措的快乐感染了，忙说道："只要尊者愿意，我能为您做任何事情。"

仓央嘉措已经有些迫不及待了。他高兴地起身在房间内踱步，仿佛想要跳起来一般，他来不及要去看看外面的世界，那里有他久违了的欢乐。

仓央嘉措再次回到了"人世"之中，在那里，他穿着一身略显华丽的衣服。经过侍从的准备，仓央嘉措变成了一个翩翩少年。他游走在拉萨的大街小巷，他想跳一跳，却害怕被大家发现他的与众不同，于是只好微笑着忍住了。在拉萨的大街上，他能看到人世间的种种琐事，这较之布达拉宫里的沉闷，竟似仙境一般了。

不论虎狗豹狗，
用香美的食物喂它就熟了；
家中多毛的母老虎，
熟了以后却变得更凶恶。

君看众犬吠狺狺，饲以雏豚亦易训。
只有家中雌老虎，愈温存处愈生嗔。

仓央嘉措路过街道，他看到一个丈夫被妻子训斥得像是温顺的孩子。这样在他人眼中极为不够愉快的场景，竟也变得好像是存在着巨大幸福的事情了。此时的仓央嘉措不是让人朝拜的活佛，他只是这大千世界中平凡的不能够再平凡的路过之人。周围的人都在围观夫妇两个人吵架。那个"母老虎"双手叉腰，口中唾液飞溅，此时的她可能除去斥责丈夫便再没有其他的事情了。可是，她已经成为了诗人笔下的形象丰满的人物。旁边的人有的只是看了几眼便离开了，因为这在生活中委实不是什么稀奇的事情。有的人还在看着，并不时讨论着对与错。还有的人在一旁插科打诨，一副乐在其中的样子。而一旁的仓央嘉措也偷偷听着大家的讨论声，对于他来说，对错并没有那么重要，他只是想做众生之中的一员，体验着对于他来之不易的幸福。

去年种下的幼苗，
今岁已成禾束，
青年老后的体躯，
比南方的弓还要弯。

转眼荣枯便不同，昔日芳草化飞蓬。
饶君老去形骸在，变似南方竹节弓。

这日西藏的阳光格外让人舒服，告别街道的喧嚣，仓央嘉措来到田地里。禾苗已然长高，青青绿绿的样子让人看到希望。然而，转过头去，诗人却看到一个年迈者坐在田垄之上，背影略显凄凉。老人哼着歌，仿佛这世间已然再没有什么烦恼了。仓央嘉措本来渐渐平息的心湖再次被激起了波澜。想起自己也会有这样老去的日子，便不由得有些悲伤。

这老人曾经也必然是个翩翩少年，他为了养家糊口而辛勤劳作。回到家中，妻子在哄着刚刚出生的孩子。那是个男孩，刚刚出生的时候着实让他骄傲了好一阵子。傍晚之时，和邻居在外面闲聊，总是骄傲地说着："这是我儿子，怎么样，像不像我？"听到邻居的称赞，也不管是否真心，他便幸福得忘乎所以。回到家中，孩子已经睡熟了，他也觉得这一天过得实在是充实。

　　如今孩子已经长大了，他有了自己的家。家中仅仅剩下自己和自己的女人。他仿佛没有了奋斗的目标，却仍然这样坚持每天干活，因为除了这些他确实不知道要做些什么。然而，手上劳作的工具却变得越来越沉重了，沉重到能够把他的身体压弯。

　　仓央嘉措看着这年迈的老人，心中也有些感慨，倘若自己是他，又会怎么样呢？这样的一生是不是自己所追求的呢？有些悲哀，但是也算充实了。有时候，简单实在是一件快乐的事。头脑简单而直接，对待一切仿佛只有两种可能：做和不做；对待他人只有两种态度：喜欢和不喜欢；对待未来只有两种方式：这样和那样。

仓央嘉措渐渐对于这样游荡于喧闹街市和恬静山野的生活着迷起来，他更加不愿意听那些所谓的经典了。

这日，仓央嘉措正在桌子上写着些什么。那是他当天的见闻。他喜欢用诗歌记录自己的生活。在这个方方正正的"布达拉监狱"里，没有人愿意听他是怎么想的，没有人愿意考虑他到底想要什么，更没有人想要他做些什么有意义的事。对于桑结嘉措来说，活佛最有意义的存在便是维持着格鲁教派的神圣不可侵犯。想要做到这些，那么活佛就一定要是"活佛"。

桑结嘉措和罗桑益西嘉措同时来到了仓央嘉措所居宫殿。

"活佛，您最近在做些什么呢？"桑结嘉措和班禅罗桑益西同时落座之后，桑结嘉措立刻问道。

仓央嘉措看着桑结嘉措的面容，那副永远高高在上的表情让他厌恶至极。他平复了一下自己的情绪，然后说道："劳烦上师挂心，每日不过学习经文、参禅悟道而已。"

桑结嘉措微微一笑，低头略微思考了一下便说道："出家人不可打诳语。"他的眼睛注视着仓央嘉措，转头又看了一眼班禅罗桑益西，说道，

"那么就麻烦活佛您谈一下最近对于佛法的领悟吧。"

班禅罗桑益西有些不忍看到仓央嘉措窘迫的样子，于是忙为他解围道："上师觉得活佛您最近是否太过频繁微服出行，这或许有些不妥。"

仓央嘉措能够感觉到自己老师的宽容和慈悲之心，心中极为感激。而桑结嘉措那种质问的神态、高高在上的言行着实更加令他厌恶。他恨不得立刻远离这个令他极为反感的人。然而，他不得不再次屈服，低声却又倔强地说道："这布达拉宫就像是个华丽的监牢，我完全没有自由。"

仓央嘉措的话仿佛是在桑结嘉措的预料之中一样，他坦然地说道："我觉得，尊者您既为活佛，那么就要为西藏考虑，怎么能……"

桑结嘉措的话还没有说完，仓央嘉措便露出了一种愤怒的表情，那是在他稚嫩、英俊的脸上从未出现过的。仓央嘉措反问道："你觉得？"话语之中完全没有任何修饰，也没有任何尊敬的称呼。只是简单的一个疑问，立刻让气氛凝重到了极点。而桑结嘉措也第一次轻蔑地看着仓央嘉措，那种眼神仿佛在告诉大家，在西藏、在格鲁教派，我才是这世间最至高无上的王。一旁的仓央嘉措也没有想要屈服，他只是这么看着桑结嘉措，他第一次摒弃了一切对于桑结嘉措的厌烦，就这么看着他。

一旁的班禅罗桑益西看到这样的场景，心中也是有些惊异。一个是神的使者，一个是西藏之王，两个人眼神、语言的对决，那必定是一场无声的生死相搏。干咳了一声，年迈的罗桑益西缓缓说道："尊者尚且年幼，来到布达拉宫时日也尚短，对于青灯古佛的生活必定是有些乏味，微服出行也没有什么不妥。"两人均转头看向班禅罗桑益西，可是，其中的感情必定是大为不同。仓央嘉措心中当然是极为感谢了。然而桑结嘉措却不这么想。

桑结嘉措对着罗桑益西说道："上师此言差矣。格鲁教派自创教至今，哪位活佛不熟读佛家经典。从宗喀巴到一世达赖根敦珠巴活佛，再到五世达赖阿旺罗桑嘉措活佛无一不是通晓古今，而他们的一生也从无怨言。上天授命于活佛，活佛也要行活佛之事。"转头又对着仓央嘉措说道，"倘若活佛您为了一己的私欲而放弃您的跟随者，那么谁还能庇护他们，他们的一生将何去何从？您就忍心见到自己的臣民生时流离失所，死后轮回于牲畜之道吗？"

有那么一瞬间，仓央嘉措仿佛都被桑结嘉措感动了。他甚至觉得自己竟真的有些渺小、自私。可是他转而又觉得有些不对，但他却说不上有何不对，他只是觉得自己处于一种难以言喻的尴尬处境。在那里他不能言语，也不能争辩。他也知道，自己并非像桑结嘉措口中所说的那么自私，但是他又实在找不到一个驳斥他的思路。他有些泄气。

一旁的桑结嘉措见到仓央嘉措若有所思的样子，渐渐有些满意了。于是说道："倘若活佛您能够认真学习经文，日后也必定是如先前诸位活佛一般，泽被苍生、著书立说。"说罢双手合十，和五世班禅罗桑益西一同行礼告退了。只留下仓央嘉措一个人呆呆地坐在桌子前面。他有些怀疑自己到底是谁、自己在做什么，他甚至开始怀疑整个世界了。

仓央嘉措开始渐渐减少了走出布达拉宫的计划。他不停地说服自己，他不想成为那个自私的人，既然所有的人都对自己有着希望，那自己又何不安于现在的生活呢？然而，这却让他渐渐地消失了曾经对于生活的感觉，他能感觉到自己内心的火焰在渐渐熄灭。直到那一天，是的，那一天。

那一天，他游荡于拉萨的街头，那里如往常般喧闹，他已经很久没有出来了。街边小贩的叫卖声如同往日，然而他却没有了往日的体会生命渐渐流过的感觉。像是吸烟一样，你能感觉到烟气流过自己气管的感觉，那样的感觉告诉你，你存在于这个世界。这是一种悲凉的孤独感。可是突然之间，世界变得不一样了，仓央嘉措看到一个清秀的姑娘在自己的眼前滑过，他马上转头追随那个姑娘。她的衣着未显得有多么华丽、鲜艳，看起来不过是有些浅的红色。头上的配饰都是蓝色的珍珠，恬静而又别致。而他看到女子容颜的那一刻，顿时觉得自己此生便是如此了。他呆在那里，不知道该如何是好。然而女子仿佛未看到他，这多少让他有些失落。然而，这样的失落感一闪即逝，因为那个绝世的面容实在是震撼了他的心灵。他第一次感觉，所谓命中注定仿佛也并不是一件可悲的事情。然而，他也不知道该怎么做，那一回眸的刹那永远留在了他的心中，像是一个刻着"爱"字的印章，一下便深深烙在他的心头，怎么都挥不去。

自从看上了那人，
夜间睡思断了。
因日间未得到手，
想得精神累了吧。

一自销魂那壁厢，至今窈窕不断忘。
当时交臂还相失，此后思君空断肠。

（我虽然非常喜欢于道泉先生对于仓央嘉措
诗歌的翻译，但是，这一首中"到手"一词或值
得商榷。因为这样的词语仿佛用得过重了，或许
在那个年代，这样的直译并未显得不妥，然而如
今却显得有些无礼。不过好在曾缄先生对于此诗
的意译堪称完美，如此也便没有什么遗憾了。）

仓央嘉措回到自己所在的居所，心中满满的
都是那个女子回眸一刹的灿烂。他人生第一次体
验了爱情轰轰烈烈到来的震撼。这样的感觉，仿
佛天崩地裂一般，容不得你思考任何的合理性。
因为，此时此刻仓央嘉措的心中充满的仅仅是那
个恬静、别致的女子而已。她仿佛并不是多么漂
亮，然而却让人不得不觉得她美丽非常。所谓倾
国倾城，在他心中也不会比这个姑娘来得更震撼

了。这个如山顶之雪的女子从此常驻于他的心头。回响、回响。他听到一种声音在自己的脑海中萦绕，怎么挥手都无法将其抹去。

他也不想抹去，夜晚，他能听到来自屋外最自然而又纯粹的声音，无所谓落叶、轻风还是流水。仓央嘉措开始莫名其妙地发呆，脑海中仿佛只有那个不知道姓名的姑娘，但又仿佛什么都没有。倘若头脑中一片空白是可以确认的话，如果有一件东西偶尔存在，那也必定是那个让他揪心的女子。因为她，仓央嘉措的心脏跳动不再正常了，他鲜红的心脏跳跃的频率开始加快且震动变小，那样的感觉让他心中有些惴惴不安，因为他从没有这样过。他想到要去向那个女子表白，可又无从下手，因为他根本不知道那个如山顶之雪的女子是谁家的女儿，也不知道她姓甚名谁。他并不是害怕被拒绝，可是竟觉得即便他与她已经相识，他也无法表白。仓央嘉措躺在床上，想着有一天他们一起嬉戏，一起吃饭，那场景就像是普通的夫妻一般，他开心地笑了。然而这样的笑容并不是一件好事，因为这打断了他甜美的思念。他回到这个世界，他回到现实。他是活佛，格鲁教派至高无上的尊者，整个藏、蒙地区最多人信仰的神，他要遵守那些清规戒律，这也就是说，他根本没有可能和一个俗世之中的女子成亲，确切地说，应该是所谓"爱情""婚姻"将永远和他无关了。他有些不知所措，他觉得心中的郁结越来越大，大到他小小的身体无法装得下。他无法呼吸，俊俏的脸颊憋得通红。这样从天上到地下的落差让他本就已经拉到极限的神经骤然崩溃。他起身将自己身上的佛袍撕毁。而这样的行为很显然并不足以发泄他心中的愤恨，他甚至想要伤害自己，可是他一时间竟也想不到一个伤害自己的方法。他站在原地打转，然后所有的动作骤然而止，他哭了，泪水从自己的脸颊流过的刹那，他知道，自己还活着，他始终还是活佛，他还在那儿。

泪总有流干的时候，流着流着，他便不知道为什么而流了。他又开始陷入一种近乎疯狂的幻想。疯狂的幻想，其实内容着实是简单而又朴实，当然那是对于普通人来说。对于罗桑仁钦仓央嘉措来说，那便是幻想，而且极为疯狂。

仓央嘉措开始再次喜欢上了流连于街道之上，在那里，他能够看到那个他心爱的姑娘。他开始四处打听那个姑娘的居所，那个如山顶之雪的女子，她的名字叫作达瓦卓玛，她还是拉萨一个富贵人家的千金。（根据仓央嘉措诗中所记述的，他心爱的姑娘应该是一个琼结人家的千金。而所谓的当垆女子应为撮合二人见面的类似媒婆之人。仓央嘉措在诗中多次提到相会于酒家并不是因为那个姑娘是酒家女，而是因为撮合之人为当垆女子，在西藏酒家多系娼家，当垆女子则多兼操神女生涯，或撮合痴男怨女相聚于酒家。）达瓦，在藏语中的意思为"月亮"，藏族人不仅认为月亮是纯洁、皓白的象征，更认为月亮象征着君子。卓玛，在藏语中则是"度母"的意思，度母是一个美丽的女神，是度脱和拯救苦难众生的一族女神，同时也是藏传佛教诸宗派崇奉的女性本尊群。可见，给自己的孩子起名为"达瓦卓玛"的必定是一个内心世界丰富的家庭，他们希望自己的孩子除了能够如月亮、女神般纯洁、美丽之外，更重要的是希望她内心世界美好且能够帮助他人。

伟人大官的女儿，
若打量伊美丽的面貌，
就如同高树的尖儿，

有一个熟透的果儿。

名门娇女态翩翩，阅尽倾城觉汝贤。
比似园林多少树，枝头一果骋鲜妍。

在仓央嘉措的诗歌中，类似一刹那的辉煌以及一瞬间的心动是非常多的。可见诗人是钟情于某一瞬间的欣喜。生活确实如此，我们很多时候都会为了某一瞬间的心动而为之付出整个生命或全部人生。这样的激情，或者说是一种略显疯狂的认识，值得我们仔细思量。这是不是我们常说的一见钟情呢？我虽从来没有经历过这样值得回味一生的瞬间，却也着实对这样的感觉有些羡慕。想象一下，在某一年的某一天，在某一天的某一刹那，我看到某一个人的某种表情或者行为，然后深深爱上她，这将是如何美好？或许，那一刹那的激动和我期盼的时间是成正比的。这样说来，仿佛和辛弃疾所说，"众里寻他千百度，蓦然回首，那人却在灯火阑珊处"有着异曲同工之妙。

爱情之所以美丽，便是因为它的独一无二。所谓，"金风玉露一相逢，便胜却人间无数"。

如今，人们对待爱情的态度仿佛过于消极了些。男男女女因为特定的需要而结合，例如金钱、权力。然而金钱和权力或许本身也不致那么肮脏。

流连于拉萨街头因为有了那个名叫达瓦卓玛的姑娘而变得有了意义。然而，虽然仓央嘉措整日在拉萨街头以及达瓦卓玛家门前游荡，却不能每天看到她。当他看到她的时候，那便是快乐的一天，仿佛世界都明亮了许多，这样的感觉，就算别人看到，也会觉得生活美好了许多。而那个深陷恋爱之中的仓央嘉措，此时便也有了生活下去的动力，他觉得布达拉宫实在是太伟大了，他觉得西藏实在是最美好的地方了，他甚至觉得自己生在此处必定是得到了上天的恩惠。他会快乐地跳舞，忘情地哼唱，于是快乐地写下诗歌。

> 邂逅相遇的情人，
> 是肌肤皆香的女子，
> 犹如拾了一块白光的松石，
> 却又随手抛弃了。

> 邂逅谁家一女郎，玉肌兰气郁芳香。
> 可怜璀璨松精石，不遇知音在路旁。

然而，大部分时间，仓央嘉措是无法见到达瓦卓玛的。对于深陷爱情之中的仓央嘉措，那将是一场灾难。像是诗歌中所说的一样，"不遇知音在路旁"。那是一种幽怨的呢喃，仿佛在内心中嘶喊着，"我就在你旁边呀"。秦观说："两情若是久长时，又岂在朝朝暮暮。"我猜这是一种无奈地自我安慰。有哪对相恋的爱人不希望整日见到对方呢。人生总有不如意，但那毕竟是一个人的事，当我们感到难过的时候，我们总会告诉自己，没事的，一切都可以过去，然后微笑面对生活。可是爱情是两个人的事，于是这样的困难便显得更加困难了，相恋之事你能感觉到对方在某个近在咫尺的地方遥远地想念，倘若是单恋那便更加痛苦了，因为你会感受到想象美好的快乐以及瞬间坠落谷底的惨淡。

　　他总是坐在达瓦卓玛家旁那个无人注意的角落，默默承受着属于他一个人的孤独。他在想，自己深爱着的姑娘在做什么呢？或许她在梳妆打扮，或许她有着属于女孩子特有的那个美好梦想，有关爱情或者其他。或许她只是在无聊地度过人生，或许她在思念着某个不是自己的男子。想到这，仓央嘉措便觉得更加度日如年了。

野鹅同芦苇发生了感情，
虽想少住一会儿。
湖面被冰层盖了以后，
自己的心中乃失望。

飞来野鹜恋丛芦，能向芦中小住无？
一事寒心留不得，层冰吹冻满平湖。

能向芦中小住无？这句诗实在让人心碎。一个人的爱恋总是使人变得如此卑微。自己与达瓦卓玛的爱情，便是像野鹅与芦苇一般，那必定是一场没有结果的爱情。仓央嘉措的悲观情绪迅速蔓延着，更加哀伤的是，他竟然发现自己还是那个被"囚禁"在美丽宫殿中的悲惨活佛。那句仿佛略显矫情的话，此时此刻或许再恰当不过了，我拥有世界却失去了你。他受够了这样的生活，他想要挣脱这样的束缚。他不想再继续这样任人摆布。他想要结束这个世界，他想要结束所有的人，他想要结束自己。他在想，自己可能疯了。他甚至觉得，如此的自己怎么配得上那样的女子呢？她纯洁且美丽，她没有任何瑕疵，和她共度人生的必定是全天下最英俊的男子，那个男子拥有最深邃的眼神，最丰富的内心，最温柔的双手、双唇。他们将成为天下间最让人羡慕的一对儿。而这里面，并不会有他，仓央嘉措，存在。因为他知道，自己根本配不上她。因为有着西藏几百年传承的格鲁教派，因为他是活佛，因为他要庇护全天下的人，因为他的信仰，因为这所有的所有。然而，他还是心有不甘。他觉得，虽然机会渺小，但或许还有那么一线希望让两个人能够在一起，他希望能和卓玛相识，哪怕只是相识之后自己便永远只能远远看着她也好。他觉得自己的世界一片混乱。他从来没有如此混乱过，这样的世界，完全颠覆了他所有关于爱情的想象。

　　仓央嘉措跪在佛的面前，他想请求佛祖。或许，那时候的仓央嘉措忘记了，自己始终是格鲁教派的活佛，而格鲁教派的僧人是不允许拥有爱情的。他只记得，佛祖是宽容的。佛宽恕了人们的无知，那也一定会宽恕他的信仰：爱情。为了佛祖，他愿意牺牲一切，这一点他是深信不疑的。然而，为了达瓦卓玛，他也愿意牺牲一切，但这仍然是一个无法讨论出结果的轮回。所以，他所能做的也只是忏悔，希望佛祖能够原谅他。他不明白，到底是为了什么，是什么造成了宁玛派与格鲁派的差别。同样是佛祖的弟子、同样是芸芸众生之中一个喘息的生命，缘何造成了如此的差别，为何又有如今自身的窘境。他不能怪任何人，只能怪自己，怪自己爱上了那个如山顶之雪的姑娘，怪自己是佛祖的弟子，怪这世间的一切。他再次陷入这样令人崩溃的纠结之中，他想要挣脱的一刹那，他想到了一些事情：既然如今自己已然如此，何不让所有的事情来得更加彻底一些呢？

他决定去寻找那个名叫达瓦卓玛的姑娘，他想要告诉她，自己钟情于她。虽然结果是注定了的悲剧，他也要试一试。与有情人做快乐事，别问是劫是缘。

当时来运转的际会，
我竖上了祈福的宝幡。
就有一位名门的才女，
请我到伊家去赴宴。

我向露了白痴微笑的女子们的，
座位间普遍地看了一眼，
一人羞涩的目光流转时，

从眼角间射到我少年的脸上。

为竖幡幢诵梵经，欲凭道力感娉婷。
琼筵果奉佳人召，知是前朝佛法灵。

贝齿微张笑靥开，双眸闪电座中来。
无端觑看情郎面，不觉红涡晕两腮。

　　因为史料的残缺、信仰的不同，记录着仓央嘉措的纸片早已发黄或者被毁。历史的记录从来都是为政治服务的。而属于仓央嘉措的云朵，早已不知飘向何处。如今的我们，很难具体考证到底他经历了如何的爱情。有人认为仓央嘉措由始至终只有一段爱情，有人认为仓央嘉措经历了几段爱情。曾缄先生所说，历历情人挂眼前，大概是因为他相信仓央嘉措拥有多段感情经历。虽然如此，但并不能阻止他成为中国历史上最为深邃的男人。

　　仓央嘉措以书信的方式表露了自己对达瓦卓玛的爱意，这是他喜欢的方式，不必害怕当面表白的难为情，也使得自己的爱意更加浓烈。

　　收到仓央嘉措表白爱意的书信，达瓦卓玛

很是难为情，然而她也无法忍住雀跃的心情，脸上的笑意不自主地跑了出来。她知道那个清秀、英俊的男子。在他见到自己之前，达瓦卓玛已经开始注意到他了。那是一个无论身处多少人之中你也一定会一眼便能认出的男人，他白皙的皮肤已经向所有人宣布，他是个身份高贵的人。而他深邃的眼睛，也早已深深地将达瓦卓玛吸引了过去。偶然地，达瓦卓玛发现，这个年轻人喜欢独自游荡在街市之中，对着一些莫名其妙的东西笑得格外灿烂。那样的笑容，仿佛能够穿破你的胸膛，直接印到心脏上面，这让达瓦卓玛怎么都忘不掉。可是她怎么都查不到这个年轻人的身份，这令她格外沮丧。没有人知道他叫什么，没有人知道他来自哪里，大家偶尔会看到他沉默地坐在某个角落里面无表情，或是莫名地微笑，仅此而已。达瓦卓玛想要见他，得知家中要召开宴会，于是便请那个送来书信的当垆女子转给他，那个名叫宕桑旺波的男子。

　　仓央嘉措，或者应该叫宕桑旺波，那是他掩饰身份的名字，是他赋予自己对抗命运的力量。他坐在那个角落里，看着和家人坐在中央的达瓦卓玛，她头略微低垂，不知道她心中在想些什么，但是宕桑旺波能够看到她低垂的脸上那淡淡的红晕，像是夕阳的余晖照在洁白的雪山之上，美到无与伦比。她美得让人出神，他已经看着她好一阵子没有眨眼了，可是他早已忘记了这些，他早已忘记了世界。他只想靠近一些，闭着眼睛呼吸来自她的气息。

达瓦卓玛能够感觉到那个远处深切的眼神，可是她却不知道如何处理这样的情况。她希望这个男子能够前来赴宴，然后二人便能够靠近一些，但是又不知道如何开始。那样的感觉极为美妙，那种要到未到的刹那，胜过千言万语。她偷偷地抬头看了一眼远处的宕桑旺波，未出所料，他深邃的目光完全放在了自己的身上，她感觉自己的脸颊快被火烧得不能忍受了。嘴角轻轻上扬的刹那，连自己都没有察觉出来便马上又把头低得更深了。她觉得自己或许有些失态了，只好拿起放在身前的奶茶，可是却由于心不在焉而推翻了杯子。这造成了宴会上一段小小的骚乱。达瓦卓玛的父亲看到女儿晕红的双颊，又打翻了酒杯，以为自己的女儿身体不适，便忙关心起来，怎么会知道，女儿的心早已跟随着角落里那个不知名的"小子"飞到很远很远的地方去了。

因为心中热烈的爱慕，
问伊是否愿做我的亲密的伴侣？
伊说：若非死别，
决不生离。

情到浓时起致辞，可能长作玉交枝。
除非死后当分散，不遣生前有别离。

这样一首诗，拥有穿透世间一切阻碍的力量。倘若娓娓道来，或许有些不妥。于道泉先生的直译仿佛更加妥当一些。一个"若非死别，决不生离"之后，还需要说什么呢？这样天崩地裂的爱情，纵使有千言万语也都不必再说了。就像是《孔雀东南飞》中的"蒲苇韧如丝，磐石无转移"一般，来得让人难以抵挡。或许，这磐石、蒲苇的故事也不如这样一句话来得直接。反复地念，反复地读，反复地思量。便是这人间最美的爱情故事也不过如此了吧。

在宴会的过程中，必定是充斥着觥筹交错、歌舞欢笑。然而，这也正应了那句"欢聚是一群人的寂寞"。人们放肆的笑声背后，其实是心中无限的空虚。那些人喜欢用欢笑掩饰自己的空虚，喜欢用酒水麻木自己曾经被刺伤的心，喜欢拥着麻木的身体寻找丢失已久的爱情。然而就算如此，灯火辉煌、火树银花周围总也有夜晚火光照不到的地方。灯火阑珊处总会有些什么，那里掩埋了无数人的哭泣、无数委婉动听的爱情故事、无数悲欢离合。

宕桑旺波与达瓦卓玛"巧遇"在那某个未知的"灯火阑珊处"。彼此看到对方漾着明亮的眼睛。便是想象，也知道是何等的触动心弦。

"你好。"窘迫的宕桑旺波，此时实在不知道如何是好，心爱的姑娘近在咫尺，心中的千言万语在这样的时刻说出来，仿佛都显得有些唐突佳人。

"你好。"羞怯的达瓦卓玛也有些不知所措，纤纤细指可爱地玩弄着袖角。身旁的侍女完全是一头雾水。她不明白小姐为什么要突然说身体不适而离开宴席，然后又不肯回到自己的屋子里面，流连于庭院之中，却忍不住总是望向来时的路。

宕桑旺波看着这个让他朝思暮想的女子，笑得略显尴尬。良久，才说道："给你的信，收到了么？"

达瓦卓玛本来就已经低到胸口的脑袋轻轻地点了点，头上的配饰也随着点头轻轻地响起。

宕桑旺波看到她娇羞的样子，心中的怜爱之情汩汩地涌了出来，挡也挡不住。他竟忍不住跳了起来。他不知道自己在跳什么，也不知道自己为了什么要跳，他只是想跳。积压在心中数月的感情仿佛都要在同一时刻奔流而出。跳了两下，又觉得有些不恰当，安静了下来，又在原地转了两圈。笑容满满地挂在脸上，那是无法控制的笑容。

达瓦卓玛看着宕桑旺波跳跃的样子，心里知道，这个清澈的男子，其实是真的喜欢自己。她也有些忘记世界的存在了。仿佛在这园中只有彼此，仿佛在这世界上只有彼此。或许真的应该让时间停止在那一刻，从此世界也因此而变得美丽了。

宕桑旺波慢慢拉起达瓦卓玛的手，他感受着来自心爱姑娘的温度，柔软的手掌、纤细的手指，那必定是他永远无法忘怀的美好。他深吸一口气，强忍着想要流泪的冲动，双眸注视着这个深爱已久的姑娘。他忘记了这个世界上有一种表达方式叫语言。他只想这么拉着达瓦卓玛的手，这样便已经足够了。这样的时刻、这样的情绪、这样的真挚，那是金银财宝、功名利禄永远无法比拟的。

　　一片来自尘埃的微笑，那是对于幸福的最完美诠释。如聆听梵音一般，沁人心脾。那粒穿破时空的尘埃乘着吹散千年的风，飘过这世间最美的爱情。它要默默地祝福这眼前的一对恋人，它想为他们祈祷，燃起一炷心香。然而，它或许不知道，这样的美好应该仅仅只在此时此刻而已，用不了多久，这样的一对恋人便会被命运这恶毒的东西碾得粉身碎骨，到那个时候，或许，能为他们做的，只有哭泣了。看透命运轨迹的悲哀，我宁愿只在眼前，让时间凝固，让生命停止，让一切都不再继续。

　　想到他们终将分离，这样的幸福又化成了悲伤。这看透命运轨迹的悲伤，我恨透了它。可是，这样的悲伤，也未必是能够悲伤一世的。口中长时间存着他人不幸的余味，自己也变得多愁善感起来。

　　想到爱情这个话题，悲剧收场的总是容易让人铭记，我不知道这是什么心理。可能是看到悲剧的爱情故事，总会想到自己渐渐远去的曾经。就像是那些发黄的日记，虽然生活中我们总不会轻易翻看，可是当你翻看的时候，还是会能够嗅到年轻时候的感慨。

可能看到悲剧的爱情故事，人们会渐渐觉得幸福吧。想到自己比那些悲惨的记录要幸福许多，心中渐渐也就对于那些曾经的遗憾开始释怀了。

看到的悲剧的爱情故事，最初的最初总是美好的，因为这样，才有一种从天空坠落谷底的痛彻心扉。让人牢记永远。合上书本，我们总会这样想，如果不是这样该有多好呀，如果是那样该多妙呀。这悲剧的爱情故事，给我们一个可以用各种方式结束的梦。被忘却的痛苦，是每个制造爱情的人不愿意被看到的。

曾经读过一篇村上春树的短篇小说：《再劫面包店》。

一天夜里，刚结婚不久的小两口突然醒来，两人都饿得不得了，把家里所剩无几的食物扫荡一空，那种饥饿感仍然无比凶猛。

这不是一种正常的饿，妻子说："我从来没有这么饿过。"这时，"我"不由自主地回了一句话："我曾经去抢劫面包店。""抢劫面包店是怎么一回事？"妻子揪住这句话问了下去。

原来，年轻时，"我"曾和一个最好的哥们儿去抢劫面包店，不是为了钱，只是为了面包。抢劫很顺利，面包店老板没有反抗的意思。不过，作为交换，他想请两位年轻人陪他一起听一下瓦格纳的音乐。两个年轻人犹豫了一下，但还是答应了。毕竟，这样一来，就不是"抢劫"面包，而是"交换"了。于是，在陪着老板听了瓦格纳的音乐后，两个年轻人"如愿以偿"地拿着面包走了。然而，"我"和伙伴非常震惊，连续几天讨论，是抢劫好，还是交换面包更好。两人理性上认为，交换非常好，毕竟不犯法。但是，从直觉上，"我"感受到一些重要但不清楚的心理活动发生了，"我"隐隐觉得还是不应该和店老板交换，相反该用刀子威胁他，直接将面包抢走就是。这不仅是"我"的感觉，也是伙伴的感觉。后来，两人莫名其妙地再也不联系了。

对妻子讲述这件事时，"我"说："可是我们一直觉得这其中存着一个很大的错误，而且这个错误莫名其妙地在我们的生活中，留下了一道非常黑暗的阴影……毫无疑问我们是被诅咒了！"

"不仅你被诅咒，我觉得自己也诅咒了。"妻子说。

她认为，这就是这次莫名其妙而又无比凶猛的饥饿感的源头。要化解这种饥饿感，要化解这个诅咒，就必须去完成这个没有完成的愿望——真真正正地再去抢劫一次面包店。

最终，新婚的两口子开着车、拿着妻子早就准备好的面具和枪，扎扎实实去抢了一次面包店。

对于简单的理论来说，这是一个复杂的故事。然而这复杂的故事，只是一个简单的道理。对于我们的坚持，对于我们美好的愿望，我们心中其实有一个完整的圆。当我们看到有些未完待续的圆圈，我们总想去将他补满。或许这就是我们执着于悲剧故事的原因吧。就像仓央嘉措笔下抹不去的心迹一般。

仓央嘉措在这样一份美好的爱情中，开始渐渐地沦陷了。两情相悦这样的话在我看来，大约只能出现在美好祝愿之中。美好祝愿在此时此刻成为一种略带伤感的笑。我相信，仓央嘉措必定写过他与达瓦卓玛的美好，或许是因为种种原因没有被流传开来吧，如今也是难以考证了。

奴为出来难，任君恣意怜。

李煜类似的"郎情妾意"的诗歌也是流传不广（然而即便是这样一首诗歌，其中也存着某些无奈之感）。他的诗反倒是亡国之后便增加了某种戏剧性的真实。如此说来，人们着实有些残忍，对于那些美好的话，总是难以铭记。仓央嘉措流传的诗歌中，大多是描写进退两难的。这被铭记的理由，在仓央嘉措的笔下被写到淋漓尽致的地步。

写成黑色字迹，
已被水和雨滴消灭；
未曾写出的心迹，
虽要拭去也无从。

手写瑶笺被雨淋，模糊点画费探寻。
纵然灭却书中字，难灭情人一片心。

曾缄先生的翻译非常准确，他将诗人心中最深层次的东西直接表达了出来。难以抹去的，一定是深烙于心的印记。那些圆满的爱情故事，大多都随着时间的流逝，化作雨水点点，浸入土地之中了。而那些未能画圆的圈，最后都被大家传了又传。

随着仓央嘉措在达瓦卓玛的世界里越陷越深，他开始了一场艰苦的旅程。白日里他开始装出一副安静的样子，跟随着五世班禅罗桑益西等人学习佛教经典。而到了晚上，便在酒馆当垆女子的安排下与达瓦卓玛偷偷相会。他沉溺在二人的世界里，只是，在美好的二人世界里有那么一个硬硬的疙瘩，怎么都化解不去。他是西藏最崇高的活佛，他身上承载着太多的东西。第司桑结嘉措希望有朝一日，仓央嘉措这个活佛能够成为一个真正的王者，而五世班禅罗桑益西也希望能将自己毕生所学全部授予仓央嘉措，帮助他成为真正意义上的活佛。而仓央嘉措自己呢？并没有人在乎仓央嘉措自己到底想成为什么，然而他自己却毕竟无法忽略这样的东西。他想继续少年时代的日子，他想成为达瓦卓玛的情郎。在拉萨街头游荡，在夜晚属于自己的小房子里为家人祈福，在屋子中与心爱的达瓦卓玛耳鬓厮磨，在清晨的旷野中参悟佛法。他想就这么简单地度过一生，可是……

宁静的夜晚总是轻易地便让人沦陷。宕桑旺波和达瓦卓玛的故事仍然在继续着。只是，当两人浓浓的爱情开始触碰的时候，总是非人力可以阻挡的。二人沉醉在彼此的世界之中，不愿醒来。

达瓦卓玛躺在宕桑旺波的怀里，那是她的宕桑旺波。至少在此时是完全属于她一个人的。她闭着眼睛，轻轻地说道："你是谁？"

宕桑旺波怀中抱着柔软的可人儿，早已忘记世间还有别人了。他甚至忘记，自己也是在这世间之中的。听到达瓦卓玛的问话，他再次被拉到现实当中。缓缓地说道："我叫仓央嘉措。"

达瓦卓玛睁开眼睛，打量着仓央嘉措英俊的脸庞。突然，仿佛被吓到一般，说道："你是，你是哪个仓央嘉措？"

"我就是那个仓央嘉措。"仓央嘉措有些害怕，他害怕自己的身份会打破这样的美好，他也害怕会吓到自己的爱人，当然他更加害怕的便是自己，自己这可恶的身份。

达瓦卓玛从仓央嘉措怀中挣脱，坐了起来，却不知道该说什么、该做什么，愣了好一会儿，才说道："我、我该怎么办？"

仓央嘉措看着达瓦卓玛可爱的表情，不知是悲是喜，略显尴尬地笑了笑，说道："你不用怕，这里没有人知道我是谁。"又苦笑了一下，说道，"我也不想是仓央嘉措。"说完便陷入了沉默之中。他第一次感觉到大脑中一片模糊，他完全不知道自己在想什么，自己要想什么。只是那么躺着。良久，他深深地叹了一口气。

达瓦卓玛虽然有些不知所措，但她清楚地知道，自己深深爱着眼前这个英俊而眉宇间带着某些说不出的忧愁的男子。她慢慢地又靠近了仓央嘉措，她开始有些惊喜，自己深爱的男子竟然是西藏最为崇高的活佛，想着他白天接受众人的朝拜，夜晚自己却能躺在他的怀中，达瓦卓玛便开始不由得笑了起来。

仓央嘉措看着达瓦卓玛天真的笑容，心里的忧愁也被赶到九霄云外了。微微一笑，然后问道："卓玛在笑什么，能不能说给我听呢？"

达瓦卓玛在仓央嘉措怀中仰起小脸，俏皮地说道："我在想，您白天要接受众人膜拜的时候，心中会不会想起我呢？"

仓央嘉措听到"您"这个字，心中有些失落，但他也不愿意责备达瓦卓玛。显然，这是因为自己的身份而让达瓦卓玛有些忧虑了。不过，既然达瓦卓玛还重新躺倒自己的身边，那必定是原谅自己的隐瞒了，于是笑着说道："在别人面前，我是罗桑仁钦仓央嘉措。可是在我自己的心里、在达瓦卓玛的面前，我永远都是宕桑旺波。"

达瓦卓玛重新闭起了眼睛，微笑着。

我往有道的喇嘛面前，
求他指我一条明路。
只因不能回心转意，
又失足到爱人那里去了。

至诚皈命喇嘛前，大道明明为我宣。
无奈此心狂未歇，归来仍到那人边。

这诗中的种种，分明是在告诉我们，仓央嘉措在爱情和佛法之间在作着如何的纠缠。他心中知道，自己作为格鲁派的活佛，着实是应该恪守清规戒律的。然而，他的心又告诉自己，他确实是深爱着达瓦卓玛，那个如山顶之雪的女子。他不能明白，这世间为何有这么多对立的东西。生与死、黑与白、爱情与佛法……然而更加不幸的是，自己竟也深陷其中，在爱与道之间，零落。想着班禅罗桑益西的谆谆教诲，想着佛祖崇高，想着自己的信仰，仓央嘉措忍不住想要一心求佛，专心悟道。想着自己的门徒是如何虔诚，看着他们匍匐在自己的脚下祈求赐福，他又觉得自己实在是不能放弃活佛的身份。因为，这样的话，他无法向天下信佛之人交代，他也不能说服自己。然而转念一想到天真烂漫的达瓦卓玛，她清秀的脸庞和清澈的眸子，他便更加不能放弃这样的深情，这也违背他内心的真实想法。仓央嘉措在这样两难之地，走过来、走过去，怎么都没有办法选择。

只有在夜深人静的角落，仓央嘉措才能忘情地嘶吼。他想要告诉世界，他不想成为统治西藏的王者，他不想成为那个被锦衣玉食圈养起来的活佛，他更加不愿意为人所束缚，他最最不愿意的是放弃自己的信仰：达瓦卓玛和佛祖。他在想，佛祖是一定能原谅自己的行为的，因为自己是佛祖虔诚的信徒，在礼佛之中，他完全没有杂念。如今的一切窘迫，都是因为第司桑结嘉措的霸道，是他霸道地要将自己从爱情中抽离，是他疯狂地要毁灭自己。他感觉自己对于第司桑结嘉措的恨意越来越浓。

聆听雨水的声音，这让仓央嘉措的心里平静了许多，雨水洗刷着世间的肮脏，却也仿佛能够冲刷人的心灵一般。净化心灵的仓央嘉措能够忘却他所有的烦恼，仿佛桑结嘉措已经不存在了，格鲁派的戒律也已经完全化为乌有。所谓佛祖仅仅是佛祖，所谓爱情仅仅是达瓦卓玛。这样的世界是美好的。仓央嘉措在这样的世界里，能够安心地参禅悟道，心中一片沉静，能够看到达瓦卓玛的面容。心中的达瓦卓玛，在房中的铜镜前静静地坐着，慢慢地微笑，口中仿佛还在念着仓央嘉措的名字，头上的珍珠配饰依旧是那么明亮，像她本就明亮的眼睛一般。仓央嘉措想要抚摸脑海中达瓦卓玛的脸颊，手伸出去却是一片虚无。他微微一笑，笑自己的痴。转念安心念经，冥想。这是沦陷了这个世界的寂静，是独独属于仓央嘉措一个人的世界。良久，才发现，外面已经不再下雨了，天色也渐渐开始朦胧。这是每天最为难过的时候，因为昨夜的快乐已经渐渐消去，今晚的美好还未来临。想到马上又要见到心爱的达瓦卓玛，仓央嘉措渐渐有些坐不住了，他想要即刻便要拥抱心中的可人儿，那如山顶之雪的女子。他起身踱步又坐下，旋又起身，想一想还是坐下吧，坐着能够使人安心，才一坐下又忍不住想要起身。这样反反复复着实让人的心脏不能平静。

正在仓央嘉措焦急等待夜色来临的时候，第司桑结嘉措和班禅罗桑益西来了。只是这一次，桑结嘉措仿佛不像往常一般精神抖擞，疲惫的眼神让他失去了往日王者之风。三人行礼坐定之后，桑结嘉措率先开始了对话。

"尊者最近可有领悟？"就连桑结嘉措的语气仿佛也存在着某种疲惫的感觉。

"上师殷勤教导，不敢一日或忘。"仓央嘉措的语气略显生硬，话说了一句也并不想说下去了。对于桑结嘉措永远一副高高在上的语气、表情，他早已经厌倦了一万遍了。如今，就算是他一句话不说，光是出现在自己眼前便已经让他格外反感。

对于这样的紧张气氛，班禅罗桑益西并非第一次遇到，他早已习惯了二人之间的剑拔弩张。就连他自己也开始渐渐熟悉起做"和事佬"的角色。说道："尊者天资聪慧，近日来在功课上也是非常勤奋。以尊者的资质，相信用不了多久便能继承罗桑嘉措尊者的衣钵了。"虽然这样的时候说这样的话最主要的是想要缓和三人之间的尴尬气氛，但罗桑益西也确实对于仓央嘉措格外的喜爱。这个眼神清澈的少年，完全不会掩饰心中的情绪，而且，他也着实是个聪慧的学生。

桑结嘉措默默地叹了一口气，摇摇头，心中自是有万般滋味。对于仓央嘉措，其实他有太多的无奈。虽然他从未想过，但是，在内心深处，或许他也希望仓央嘉措是个无心政治的人。一方面，从五世达赖喇嘛阿旺罗桑嘉措晚年以来，一直都是自己独揽西藏大权。他看着西藏一步步成长，艰难地在葛尔丹、蒙古部和大清之间的夹缝之中，他要左右逢源，又要维持三者之间的平衡，而五世达赖的圆寂更是让西藏的形势变得微妙起来。那种生活在钢丝绳上的心惊胆战，若非拥有坚强的心脏，怎么能承受这样的煎熬呢？虽然这样的生活是一种煎熬，可是，以一人之力力挽狂澜的感觉却也着实让人飘飘然，他并不想尽快放开自己握着权杖的双手。而另一方面，他也想要仓央嘉措能够像当时的自己一样，拥有独当一面的能力，自己也可以像当初五世达赖扶持自己一般，将仓央嘉措慢慢扶上宝座。他有些不知所措，有时候甚至自己都不知道自己是不是想要放手。如果放手，心有不甘；如果不放，又觉得不合情理。他在这样的生活下左右摇摆着。可是正在他纠结在这样的尴尬境地之时，蒙古拉藏汗，固始汗的曾孙开始渐渐显露出他的野心。他一步步增强自己的势力，再加上桑结嘉措曾经的棋子葛尔丹被康熙连根拔起，更失去了制衡他的人。桑结嘉措怎么会不知道拉藏汗的野心呢？于是，二人的军备竞赛愈演愈烈，如今竟到了剑拔弩张的地步。这样的情势，着实让桑结嘉措变得难以控制，他心中存在着某种恐惧。于是，他想到仓央嘉措，这是他唯一的筹码。他深深地明白，他之所以能够操控着自己的命运、西藏的命运，正是因为他拥有罗桑仁钦仓央嘉措。这也是他在于拉藏汗较量之中，唯一占据上风的地方。

桑结嘉措看着倔强的活佛，凌厉光芒从这个年轻的活佛眼睛中发出来，无可奈何地摇摇头，心中着实是五味杂陈，没有说任何话，起身离开了，只留下颇有些诧异的仓央嘉措和罗桑益西。

天色渐晚，月亮也渐渐挂了上来。仓央嘉措没有心思欣赏这样的夜晚，更没有工夫思考桑结嘉措奇怪的行为。换上便服，戴上假发，那个名叫宕桑旺波的翩翩少年再次出现了。仓央嘉措终于又成为宕桑旺波了，仿佛在这样的时刻，才是自己。这样的感觉就像是每日重生一次一般。成为了宕桑旺波，身体便轻快了，心情也轻快了。

不必思考、不必忧虑、不必悲伤。只需要伴着月色，飞快地奔向当垆女子为他们安排的地方，等待他心仪的人。

达瓦卓玛看着身旁这个让她魂牵梦萦的男子，她心中的美好，仿佛只有这样了。她不想做什么富贵人家的小姐，她也不想住大房子，她只想在某处不知名的山里，和自己心爱的人共度一生。那里有一个小小的房子，房子前面有一个小小的园子，在这里他们可以种些粮食。每天，他们一起种地、除草，然后便一同出去放牛、放羊。每个月去拉萨的集市换些必需的物资，晚上便躺在门口的草地上，一起聊天、嬉戏。或许，他们还会有自己的孩子，爱人可以教他们读书识字，自己可以教女儿女工。倘若贪心一点，门前或许还有溪水，遇到晴朗的天气，她还可以和自己的爱人在水中嬉戏。这样的生活，就算是别人用千金来和她换，她也是不愿意的。

达瓦卓玛正在做着美好的梦，一抬头，却看到身旁的爱人眉头紧锁，那样忧郁的眼神，沉静的表情，让她有些心疼，她抚摸着爱人的脸颊，轻轻地问道："怎么了，我怎么觉得你今天不是很高兴呢？"

　　仓央嘉措看着达瓦卓玛美丽的脸庞，这如山顶之雪的女子，他实在是不想因为任何俗世的事来打扰她的清净，微微一笑，对她说道："没事，有你在我身边，我还有什么不知足的呢？"

　　聪慧的达瓦卓玛心中能够理解仓央嘉措的想法，她能明白，仓央嘉措也在担心着自己所担心的事。虽然她也有着焦虑，但是她总不愿意提起。可是，看到仓央嘉措的担心，也加重了她的顾虑。她挂在脸上的笑容渐渐地散去了，取而代之的是忧虑的眼神。

　　仓央嘉措知道，聪明的达瓦卓玛看透了自己的内心。他在达瓦卓玛的耳边呢喃着："会没事的，会没事的。"环着达瓦卓玛的手也在慢慢地摩挲着她的后背。

　　"若非死别，绝不生离。"达瓦卓玛轻轻说着这样的誓言，像是在安慰仓央嘉措，也像是宣告着自己对爱情的忠贞。二人紧紧地拥抱在了一起。

## 第五章

# 挣扎·为卿憔悴欲成尘

有腮胡的老黄狗，心比人都伶俐。不要告诉人我薄暮出去，不要告诉人我破晓回来。

薄暮出去寻找爱人，破晓下了雪。住在布达拉时，是仁钦仓央嘉措。

在拉萨下面住时，是浪子宕桑旺波，秘密也无用了，足迹已印在了雪上。

哲蚌寺，位于拉萨市西郊约十公里的根培乌孜山南坡坳里，与甘丹寺、色拉寺并称格鲁教派三大寺庙。"哲蚌"是藏语，意为"雪白的大米高高堆聚"，简译为"米聚"，象征繁荣，藏文全称意为"吉祥积米十方尊胜州"，它是格鲁教派中地位最高的寺院。

人这一生，有些地方不得不去一下。于我，这穿越了几千年的一粒微尘来说，苏州和西藏是非要走一遭的去处。因为苏州的雨水可以冲刷我的肮脏，西藏的梵音可以清澈我的灵魂。北国的风雪，零落了我太多的年岁。

苏州的天气中，我最喜欢细雨绵绵而来的时候。那是苏州最美丽的时刻，像是美人感伤而流泪，来得委婉而又悄悄。

而西藏，那是无数信仰"纯粹"的圣地。无论是你想要朝圣、还是你想要追寻爱情的味道，在我看来，去西藏，总是没有错的。我本该恨西藏才是的，可是我就是这么一个奇怪的人，从那时候起我便对西藏那一座座像极了冰激凌的雪山好奇到极点。总想着，倘若今生能够有些机缘，必定要去西藏看一看。长大了，认识了仓央嘉措，那个在我脑海中穿着白衣的翩翩少年，拥有深邃眼神的深情男子，早已经将我的魂魄勾了过去。那里有西藏、那里有雪山、那里有在夕阳下散着钟声的寺庙。那里还有世间最美的情郎仓央嘉措。

有腮胡的老黄狗，心比人都伶俐。不要告诉人我薄暮出去，不要告诉人我破晓回来。

薄暮出去寻找爱人，破晓下了雪。住在布达拉时，是仁钦仓央嘉措。

在拉萨下面住时，是浪子宕桑旺波。秘密也无用了，足迹已印在了雪上。

依偎在仓央嘉措怀中的达瓦卓玛，睫毛颤动着的样子，美得着实让仓央嘉措难以抗拒。她的美丽、聪明、清澈都让仓央嘉措越陷越深，仿佛达瓦卓玛便从此是他的全部了。仓央嘉措微微一笑，这样的笑容让他突然醒来。他知道，或许两个人的结局必定是让他哀伤一世的。自己是个任人摆布的玩偶、懦弱到极点的男人，他根本无力反抗桑结嘉措的控制，他甚至不能留下自己心爱的女子。他渐渐有些失落，失落到极点。咣、咣、咣，屋子的门被敲了三下。仓央嘉措轻声应了一下，这是那个当垆女子和两人之间的约定。

这是在提醒他们，已经到破晓时分了，太阳马上就要出来了。这也就意味着，自己要离开心爱的人了。仓央嘉措起身，却无意中惊醒了熟睡的达瓦卓玛。达瓦卓玛睁开眼睛，拉了拉仓央嘉措的衣服，细细的手指捏着衣服的时候变白了。她不想让他走，每次这样的别离，都像是要割下她心中的一块肉一般。仓央嘉措马上停止了起身的动作，双手环住小小的达瓦卓玛，用力地抱着，今天的别离显得那么难以承受，两个人都不愿意分开。仓央嘉措感觉到自己胸口的衣服渐渐潮湿了。勾起达瓦卓玛的脸庞，却看到带着泪花的笑，那样的笑容，那么美，却让人心碎。仓央嘉措的心脏仿佛被掏空了一般，那样的感觉并没有疼痛，却仿佛要失去生命。他轻轻地吻了下去。

"我不回去了，管他什么活佛、管他什么尊者，不过是些无用的称谓，我从此便是宕桑旺波，和卓玛一起离开这个地方，我再不愿看到我的卓玛伤心，我再不愿等待黑夜来临了，每逢这样的时刻都是刻骨，我再也受不得了。"说完，仓央嘉措紧紧抱住达瓦卓玛，仿佛想要融为一体一般。泪水顺着仓央嘉措的脸庞流了下来。

达瓦卓玛柔柔地吻着仓央嘉措的胸膛，拭去

脸颊上的泪花，轻轻地说道："卓玛知道，卓玛的爱人不是一般的人，就算让卓玛一生如此不为人知，卓玛也是愿意的。"说了几句，达瓦卓玛仿佛有些难以克制内心的酸楚，轻轻咬着下嘴唇，停顿了一会儿，又接着说道，"只求不要放下我一个人。无论怎么样，我都认了。"

汹涌的情绪从胸口涌向仓央嘉措的大脑，尔后又从大脑中涌向胸口。这种仿佛从身体最深处爆炸一般的难过，让仓央嘉措再也无法忍耐了。多年来在拉萨的酸楚，伴随着对达瓦卓玛的千般不忍、万般无奈一齐喷发了出来。仓央嘉措不知道该做什么，也不知道该说什么，他没有想到达瓦卓玛早已经想过两人的未来，她早已经准备就这样给自己的人生一个没有未来的未来。她宁愿承受他人的唾弃、指责和污蔑，但他怎么能够让她承受这些唾弃、指责和污蔑？他不能。可是，一切又都是那么无奈。错、错、错，都是错。

激烈情绪过后，仓央嘉措感到无尽的哀伤，这让他第一次觉得，自己的人生是如此可悲，自己的未来将是苍凉的。天空的颜色，仿佛从来都是黑色的吧。而这样的黎明之前，越发显得暗沉。仓央嘉措走在雪地中，这因为大雪而变得苍白的黑色，仿佛世界总是这样的。离开达瓦卓玛的那一刻，仓央嘉措感觉自己的生命被耗尽了最后的力气。一路迷茫，最后终于看到了那条老黄狗，它被拴在布达拉宫的后门，在雪天里等候他回来。

站在归路的尽头，仓央嘉措不知道自己该做些什么，以后将要走向什么地方，那是真正的无助，他身边没有一个人能够帮助自己，包括佛祖。他感觉自己背叛了全世界，也被全世界背叛了。他的人生之中，只有一个人是他想用尽全力去紧紧握住的——达瓦卓玛。可是，即便如此简单的要求也是无法实现的。突然间，他看到身后的脚印，那是他从小酒馆回来的证据。他知道，自己或许即将被发现了。那些在脑海中美好了无数个日夜的东西，从此应该都会永远停留在脑海中了。他想要抹去脚印，可是，天色已经渐渐发白，又要到了僧人早课的时候，眼前的安静马上就要被渐渐打破了。布达拉宫又开始忙碌起来，而自己私自出门的事情即将被人发觉了。

仓央嘉措只好等待审判的到来，他坐在自己的屋子里，完全没有准备掩饰自己的形迹。他没有除去身上普通人的衣服，也仍然戴着假发。他便是要这样等待着第司桑结嘉措的问责，他就是要这样，他想要和桑结嘉措一同毁灭，他甚至有些希望这样的毁灭早早到来。

果不其然，没过多久，闭着眼睛在床上打坐的仓央嘉措便听到外面一阵乱哄哄，他知道，该来的始终还是会来的。只是，就在眼前而已。他甚至能够感觉自己马上就要解脱了。无论是被废黜、处置或是被杀害，这些都是他能够接受的。

咣的一声，房间的门被推开了。略有些焦急的桑结嘉措走了进来。虽然身旁的人能够明显感觉到桑结嘉措的焦急，但是，作为统治西藏数十年的王者，他仍然竭力表现着他的镇定。桑结嘉措看着仓央嘉措的装束，眼睛瞪得仿佛马上要掉下来一般。而坐在那里的仓央嘉措也缓缓地睁开了眼睛，他就在等待桑结嘉措大发雷霆，他甚至希望桑结嘉措快快处死自己，也好终结此生的悲痛。身旁的侍从都沉默了，他们从没有看过第司桑结嘉措如此愤怒，他们也想要看一看，面对活佛的"背叛"，第司到底会有什么样的处置方式。

令所有人，包括仓央嘉措都感到震惊的是，桑结嘉措仿佛没有发火，而是轻轻地，仿佛还带着尊敬地说道："尊者一夜微服而行，恐怕已经很劳累了吧，还是尽早更衣休息吧。"

年轻的仓央嘉措微微一愣，所有准备好的决绝的语言在此时仿佛都用不到了。只好不再说话，而是继续闭上了眼睛，以一种沉默的方式来表达自己对于桑结嘉措的不满。

"侍从何在？"桑结嘉措突然提高了声音。一旁长期伺候仓央嘉措起居的侍从忙跪了过来，在桑结嘉措的脚下瑟瑟发抖。而桑结嘉措完全没有看一眼侍从，眼睛紧紧盯着仓央嘉措，说道，"侍从教唆活佛犯错，罪不容诛。拉去朗孜夏监狱，先挖眼、割鼻，再剥皮、挖心。"

仓央嘉措闭着的眼睛立刻不可思议地睁开了，他没想到，桑结嘉措竟然以这样的方式来惩罚自己。看着被人拖走的侍从，仓央嘉措忙起身拦阻，边挡着边向桑结嘉措大喊道："这是我的事，和这些无辜的人有什么关系？放了他们，快放了他们！"

站在那里的桑结嘉措面无表情地对着自己身旁的人说道："尊者已经累了，让尊者好好休息。"说完，便大步离开了。

仓央嘉措看着被拖出去、即将被残忍处死的

侍从，大喊着："请饶恕他，请饶恕他。"他不明白为什么自己犯的错要由别人来承担，他想要抓住些什么，可是怎么都抓不到。一切都不在他的控制之中，那种被别人肆意玩弄的感觉，实在是让人绝望。仓央嘉措实在是不能想象，一个活生生的人即将被别人扒皮抽筋了。佛祖怎么能容忍这样的残暴？佛祖怎么能容忍这样的杀戮？他完全没有办法向佛祖交代，他还做什么活佛。他根本没有能力庇护任何人，他根本没有能力给任何人赐福。他觉得自己的手脚像是被绳子拴着一般，被第司桑结嘉措摆弄着。

然而，桑结嘉措的手段还远远不是仓央嘉措这个十几岁少年所能想象的。下午时分，桑结嘉措又来了。和早上不同的是，这一次桑结嘉措并没有带上许多随从，而是独自来到仓央嘉措的居所。

"尊者请勿见怪。侍从服侍得不好，自然是要被处罚的。"桑结嘉措说话的表情，诚恳到让他自己都有些相信了。

仓央嘉措始终没有从罪恶感中抽离，他知道，那些侍从是无辜的，他们只是做了他们该做的事。是因为自己的不顺从才有今天的惨剧。他覺得自己的罪惡滔天，一定會被佛祖怪罪的。他長時間跪在佛祖面前，乞求佛祖的原諒，原諒自己的任性妄為，原諒自己未能庇護這些無辜的人。如果能夠，他願意代替這些人去死，他寧願承受一切懲罰，只是不要將這樣的懲罰加諸無辜之人。他還在等待奇跡的發生。看著桑結嘉措，倉央嘉措有些無力，他從未想到過，桑結嘉措竟然是這樣的人。倘若說從前是敵意，如今那一定是深深的憤怒、仇恨了。

桑結嘉措見倉央嘉措沒說話，接著說道："達瓦卓瑪，瓊結人。家裡世代從事皮革生意。尊者，我所了解的可否正確？"

倉央嘉措最後的防線被徹底擊垮，他完全崩潰了。在第司桑結嘉措面前，他被打得毫無還手之力。他緊閉著嘴唇，眼睛緊緊瞪著桑結嘉措，他恨他。在這一時刻，他清清楚楚地告訴自己，他恨桑結嘉措，赤裸裸的全是恨。

好一會兒，倉央嘉措放棄了，他知道，自己這個無能的活佛完全沒有任何能力改變任何東西，他所做的，只有讓悲劇不再發生。他癱坐在佛祖面前，被剝下最後的尊嚴。他無力地說道："你想要我怎麼樣，我聽你的，只求你放過那些無辜的人。"

桑结嘉措起身走开了，他是胜利者，但是他并不想笑。他深深地知道，在这样一场以相互折磨为目的的较量之中，没有任何一方是能够最后取胜的。他想要仓央嘉措能像自己的师父一般，在桑结嘉措的心中，只有这样的活佛才能真的称为活佛。他也希望仓央嘉措能够像自己尊敬五世达赖一样尊敬自己。然而，现实并没有按照他设定的剧本进行下去。仓央嘉措完全没有尊重桑结嘉措的感情存在，他甚至没有想要成为一个活佛。在仓央嘉措的心中，他不明白这些整日忙碌的人到底是为了什么。

我不能判定，也不想知道，关于仓央嘉措与桑结嘉措，到底是谁的境界高一点。因为我内心中的天平早已经任性地倾斜到了仓央嘉措那一边了。我只是知道，这样一个深情的男人、这样清澈的灵魂才是我所追逐的。我或许能够理解那些为了争夺名望、成就的人的想法，当他们最终胜利的一刻，他们能看到有人伏在自己脚下唯唯诺诺的感觉。那种操控世界的感觉，想来也是很不错的。但是，我总觉得他们在那样的人生中完全找不到任何的自己。

我相信，每个人心中都有这样一棵树，它

能决定你的欢乐、痛苦、爱情和亲情，它还能决定你的人生观和价值观，它甚至能决定你如何生存、如何死亡。这是一棵奇妙的树，有的人在某一时刻能够看到它，了解到它的存在，或在童年或在老年，甚至在死亡前的刹那。有的人却一生都未必能够看得到它。它固执地决定你的前世今生，它任性地决定你会遇到谁、谁会遇到你，并且完全不和你商量。你想要反抗吗？可以，结束自己的生命便也结束了它。然而，就连你结束自己的生命也是它决定的。仓央嘉措的心中必是有这样一棵树的，那棵树上开着明亮颜色的花朵，可能是白色，也可能是蓝色。我终究不是他，必然是不知道他的树上开着怎样的花朵。倘若这人世间有一个人曾经知道，那必然是仓央嘉措自己了。而桑结嘉措心中也是有这样一棵树的。我很是相信。这两棵截然相反的树，决定了他们完全不同的命运。但我总是相信，他们两个的灵魂必定都是优秀的。

一个是如此清澈、纯粹的男人，感动了数百年来无数的人。你可能是个居无定所、漂泊一生的过客，也可能是谈笑间樯橹灰飞烟灭的英豪，或是平淡又平淡的某个无人所知的生命。不管你是谁，你总会被这样的纯粹男子感动。读着他的诗，你能听到他在爱人耳边的呢喃，也能感受到来自数百年前吹过仓央嘉措耳畔那绝望又绝望的风。你随着他流泪、随着他歌唱、随着他憎恨敌人，也随着他爱上那如山顶之雪的女子。

桑结嘉措回到自己的行宫，感觉身体快要失去力气了。他并不觉得这样威胁仓央嘉措是个明智的选择。然而，大敌当前，他实在没有余力来考虑仓央嘉措的感觉了。他有些怀念从前的日子，那时候，他有任何为难的情况都会去找他的师父——五世达赖罗桑嘉措。他把那个高大、拥有着天神下凡般气势的男子看成是自己的父亲。

清顺治十年（1653年，藏历水蛇年），桑结嘉措出生在拉萨的大贵族仲麦巴家中，父亲叫阿苏，母亲叫布赤佳姆，而桑结嘉措的叔叔曾经担任过摄政（第司或第巴）这样的职位。这也使得桑结嘉措有了极好的条件接触佛法。八岁的时候，桑结嘉措便进入了布达拉宫学习，也得到了五世达赖阿旺罗桑嘉措的亲传亲授。桑结嘉措天资聪颖非常，罗桑嘉措也非常喜欢他。如此，直到桑结嘉措二十三岁的时候，已然是一个深受佛法浸染的少年了。当时摄政的第司罗桑图道辞职，五世达赖便立刻指定当时仅仅二十三岁的桑结嘉措摄政。然而，年轻的桑结嘉措并未得到西藏高层的认可。聪明的桑结嘉措也知道自己的年龄和资历并没有达到那样的成就，倘若自己迫不及待地就任或许会产生不好的效果。于是，桑结嘉措便玩起了中原篡位之人经常玩弄的手段——委婉拒绝。然而，继任的罗桑金巴仅仅摄政三年便辞职了。而五世达赖再次指定桑结嘉措继任摄政。不仅如此，五世达赖为了能够让桑结嘉措顺利接掌摄政，还专门颁发了一份文告，在文告上按下自己的手印，尔后将文告公之于众。如此，仅仅二十六岁的桑结嘉措顺理成章地成为西藏最为年轻的摄政王。

　　和我一样，必然有很多人怀疑这其中定是有些什么不为人知的原因。能让五世达赖这样的当世枭雄如此推崇的年轻人，他的来历如何？在西藏流传这样一个故事：1652年，五世达赖动身进京的前一天，当他沿着山间小路从哲蚌寺动身到色拉寺的时候，路经仲麦巴的府邸，尔后便在其家中过夜。当夜，仲麦巴家的主妇侍寝，尔后这位主妇便生下了桑结嘉措。在藏文传记里，也有一种隐晦的说法：这位观音菩萨的化身在那座府邸里遗落了一粒珍珠……据说这是西藏写作者惯用的委婉表述。

除去仓央嘉措的问题，桑结嘉措还要面临一个更加现实的问题。那便是，自从清朝将葛尔丹的主力尽数歼灭之后，蒙古部族再次成了西藏的最大威胁，而固始汗的曾孙拉藏汗，是个野心极大的人。

曾经，固始汗和五世达赖一同将西藏的其他政权势力消灭。两个人成了患难之交。而固始汗所统领的蒙古部族的八旗部队全部驻扎在西藏，固始汗本人更是拥有对西藏官吏的任免利。实质上，那时的西藏是格鲁派与固始汗所统领的蒙古部族一同统治的。曾经的好友、患难与共的兄弟，两位当世的英雄人物，五世达赖以及固始汗，都不能抵挡岁月的冲刷。二人先后仙逝了。然而他们的继承者便不再是朋友了。拥有着西藏至高无上权力的第司桑结嘉措开始渐渐削弱蒙古部族在西藏的权力。所幸，固始汗的儿子和孙子都不是什么热衷权力之人。可是，固始汗的曾孙却和他的爷爷、父亲完全不同。面对着桑结嘉措一人独揽大权，他也开始渐渐想要争夺回本来属于自己的权力。桑结嘉措是何等英雄人物，他想到了利用葛尔丹制衡蒙古部族的办法。一开始，这确实起到了非常好的效果，至少表面上看，桑结嘉措的目的达到了。可是，隐患也从此埋下了。随着康熙帝击溃葛尔丹，这样本来看似完美的关系发生了极大的变化。一方面，西藏的兵力无法抵挡拉藏汗的部队；另一方面，拉藏汗也对桑结嘉措怀恨在心，之前最后的一丝情谊仿佛也都马上要断裂了。二人虽然表面上依旧是好战友，然而心中却是各怀鬼胎，都想将对方置之死地。

只是权力的斗争已让桑结嘉措和拉藏汗势如水火了，据传，桑结嘉措和拉藏汗还有着更为隐秘的恩怨。桑结嘉措在没有担任摄政一职之时，便和一位贵族家庭的少女相爱了。尔后他便许诺，自己一旦能够担任摄政一职就立刻前去提亲。然而五世达赖此时已经准备让桑结嘉措担任摄政王了，只是希望能够暂时保密。少女的家中，将桑结嘉措的坦诚看成婉言拒绝，于是将少女嫁给了还是王子的拉藏汗。这样一来，在桑结嘉措看来，拉藏汗横刀夺爱着实是太过无耻。正所谓，杀父之仇、夺妻之恨，不共戴天。而那边的拉藏汗则认为这是桑结嘉措不要的女人，如今竟然给了自己，这一定是桑结嘉措对自己的侮辱。从此二人心中对彼此的仇恨便更加强烈了。

鼎湖当日弃人间，破敌收京下玉关。
恸哭六军俱缟素，冲冠一怒为红颜。

自古以来，因为女人而引发的争端，并不罕见。妲己、西施、杨贵妃，比比皆是。恸哭六军俱缟素，冲冠一怒为红颜。镇守山海关的吴三桂本来是想要回京投降闯王李自成的，然而李自成入京后，他的部将刘宗敏便纳陈圆圆为妾。闻讯的吴三桂一怒之下放清军入关，从此改变了中华历史。而陈圆圆也落得一个"红颜祸水"的名声。

在这个世界上，仿佛只有两种人存在，一种人在仰望、一种人在俯视。我想成为谁，我会成为谁？我人生中从未认真思考过这样的问题。这是一种灵魂深处的缺失，而这样的我，也慢慢迷失了我的灵魂。因为需要生活便要努力工作，因为不喜欢从事的职业，所以人渐渐从"人"变成了没有灵魂的躯壳。于我，灵魂的灭亡要比肉体的烟消云散来得更加难以接受一些。毕竟，死亡之后的世界是每个人的归宿，而灵魂的缺失将是永远的死亡。我坚信，人总是要找到属于自己的世界的。在那里，你的成功会带给你快乐，即便是一个小小的成功或者说他人一个模棱两可的夸赞，都会让你感觉到自己的价值得到了体现。我想，这大约也是仓央嘉措和桑结嘉措所认同的吧。

桑结嘉措在他的摄政王之位上得到了太多的赞扬，来自五世达赖，来自他周围的臣民。他也得到了太多的成就感，玩弄权术的快乐，让他在自己的人生中飘飘欲仙。我想，这大约就是属于他的世界。

而那个来自莲花生大师加持地——门隅，满脸透着纯真，眼中尽是纯粹的少年，十五载山野的生活给了他太多的回味，他很难在一刹那间转换自己的角色，他无法阻止心中肆意疯长的树。那是一棵纯洁又开着明亮颜色的花朵的树。当他要违背自己的内心，逢迎权贵的时候，当他被强加上活佛之位的时候，那棵生长了许久的树便开始要冲破他的心脏。我能感受到那种强烈的悲痛，像是没有死亡，只有疼痛的一节节车厢碾过身体的感觉。

傍晚时分，仓央嘉措拖着疲惫的身体来到了桑结嘉措的居所。他知道，此时此刻的自己，没有任何可以做的了，只有放下自己所谓的尊严，他要请求桑结嘉措，乞求。

　　仓央嘉措跪在桑结嘉措面前，他的声音已然变得沙哑。"上师，我求您放过达瓦卓玛和我的侍从，他们都是无辜的。"顿了顿，仓央嘉措仿佛下了很大的力气，那是在他耗尽一切的躯体中，搜刮出最后一丝力气，说道，"如果您愿意，您可以让班禅上师拿走他给予我的比丘戒；如果您不愿意，我也可以跟随您的愿望，继续做'罗桑仁钦仓央嘉措'。一切都听从您的安排，只求您不要难为他们，求您。"说完，仓央嘉措也失去了支撑他身体的最后一丝力气。此时，他心中仿佛也没有恨，仿佛一切有关感情的东西都已然泯灭。然而，想到达瓦卓玛的时候，他还是知道，自己深爱着这个女子，只是他已经忘记了爱的感觉，即便在早晨他才和达瓦卓玛分离，可是一切都已经不同了，从前的甜蜜都已经恍如隔世。而看到眼前的桑结嘉措，他还是会告诉自己，他恨他。他也忘记了自己为什么恨他，只是觉得，恨恨恨，心中满满充斥着厌倦。他已经完全找不到一丝力量去体会爱与恨了。他只是想确定，达瓦卓玛是安全的。

桑结嘉措将仓央嘉措扶了起来，似乎，仓央嘉措这样的卑微语气也让他感觉到了某些深藏在彼此之间的东西。他从未想过，曾经那个仰着头向自己示威的少年，如今竟这样绝望了。或许，这一切都在他的掌控之中，但又仿佛超出了他掌控的范围。他有些可怜这样一个孩子，但是又觉得自己不能不这样做。

扶起仓央嘉措，桑结嘉措说道："您是活佛，您不能向任何人下跪。"

和桑结嘉措相处十年，仓央嘉措第一次看到桑结嘉措脸上的表情不再是那副令人厌倦的胜利者的表情。这也让仓央嘉措有些手足无措，他本以为桑结嘉措定会以一种胜利者的姿态来斥责、教育他的，这是他一贯的作风。而如今，桑结嘉措脸上的表情甚至略显慈祥。这样一个如雄鹰般的男人，竟也会有柔软的一面么？

桑结嘉措叹了一口气，说道："尊者请回吧，一切都会好的。"转过身面向佛祖，又轻轻呢喃了一声"一切都会好的……"

这些日子以来，桑结嘉措越来越感觉到来自拉藏汗的威胁，双方开始了军备竞赛。拉藏汗更是想方设法将桑结嘉措拉下马，他想要成为统治整个西藏的王者，他想要站在布达拉宫的最顶端，享受来自天下的朝拜。那将是怎么样的感觉？拉藏汗甚至连做梦都梦到自己站在布达拉宫的正中央，他看到桑结嘉措臣服在他的脚下，给他磕头。尔后，便是连年的庆祝，庆祝由他，这位拥有着最正统、最优秀血统的王者来执掌西藏的政权。拉藏汗甚至在梦中梦到这样的场景，然后疯狂地笑，笑到自己都醒了，还是在笑。

拉藏汗笑得如此开心，开心到忘乎所以，开心到忘记了自己是一个如何悲哀的人，悲哀到将操控别人命运看成是终生追求的目标，竟不知道他在掌握别人命运的时候，已然将自己的灵魂出卖给了恶魔，可悲、可叹、可怜。然而，或许，这就是他的世界吧。他在自己的世界忘乎所以，然后继续沉沦。最后淹没在尘埃之中，成为地球上众多白骨中的一具。或许也有些不同，因为拉藏汗的白骨上面，刻着五个字"欲望的奴才"。

拉藏汗的笑声更大了些，因为他收到消息，拉萨城中，关于仓央嘉措的流言甚嚣尘上。大家都在讨论到底仓央嘉措是怎么了，而那户富裕的琼结人家一夜之间便没了踪影，他们的住处也被付之一炬。这便让众人更为迷惑，也更加肯定了流言的真实性：风流活佛，罗桑仁钦仓央嘉措。拉藏汗抓住这千载难逢的机会，立刻遣人在拉萨大肆宣传仓央嘉措倚红偎翠的事情。而关于仓央嘉措的风流韵事更是层出不穷，一人一个版本，一天一件事情。与此同时，拉藏汗还派人前往中原：大清的都城，北京。他上书康熙帝，对仓央嘉措是否为真的活佛表示怀疑，而且将桑结嘉措隐瞒五世达赖喇嘛阿旺罗桑嘉措圆寂一事重提，又加上桑结嘉措确实曾经与葛尔丹为盟友，这也加大了康熙帝对于桑结嘉措的怀疑。于是，康熙便派人前往拉萨，为仓央嘉措相身。此人精通相术，更深解佛法。而当仓央嘉措赤身坐在来自远方使者的面前时，这位使者围绕着仓央嘉措转了几圈，忙跪下行礼，说道："请尊者原谅在下的无礼，在下奉命行事，若有得罪之处还请务必原谅。"转头对其他人说道，"这位大德是否为五世达赖转生，在下并不能确定，然而作为圣者的体征却完备无损。"说罢，再次向仓央嘉措行礼示意，顶礼膜拜。这位相师又何尝不知道，这次的行程并非是真的想要让他确定些什么，这是一场权力斗争，与佛法完全无关。他想要实话实说，但又深知自己的一言一行都可能影响整个政局，他并不想成为这场战争的牺牲品，又不愿意说谎而获天谴，于是只好以模棱两可的回答来应对。

讨厌政治，那是一场近乎徒劳的尔虞我诈。在一场没有结果的游戏里机关算尽，胜利的到底是谁，数千年来总没有一个结论。为了一场没有胜负的战争而耗尽生命，我想这大约是件非常愚蠢的事。康熙皇帝、拉藏汗、桑结嘉措，这一个又一个的政治游戏里的角逐者，玩弄着自以为是的把戏，其实无外乎算计他人。想到一个可笑的定理——能量守恒定律。西方人相信，在这个世界，能量是守恒的。这也就是说，能量不会凭空出现，一切所谓的制造能量其实只是一种转移的方式。换言之，一个人的幸福必定是建立在他人的痛苦之上的。康熙帝的幸福建立在桑结嘉措的痛苦之上，桑结嘉措的幸福建立在仓央嘉措和拉藏汗的痛苦之上……依此类推。

我总是为自己创造人物，或许自己变成他（她），或许爱上他（她）。无论如何，我总要和心中的那个人发生些关联才说得过去。仓央嘉措给了我创造人物的灵感，我想这大约是我如此痴迷于他的原因。他仿佛并没有做出什么惊天动地的大事，曾经，我甚至不知道西藏历史中，竟然还有如此一位活佛、做过如此一类的事、写过如此一首首诗。然而，当我无意间看见那样一片清澈，便如注定般随着他的脚步飞舞起来，这不是刻意的追随，纯粹是为了跟随灵魂的翩翩起舞，然后在这样的世界里忘乎所以。我任性地相信，仓央嘉措是个身着一袭白衣的翩翩少年，他桀骜不驯，笑起来的样子清澈又不让人觉得过于甜腻，眼神深邃，让人总是陷在里面而不能自拔。这是一种天赋，一种与生俱来的令人疯狂的气质。

我总觉得，当仓央嘉措失去达瓦卓玛的时候，便是他的命运马上要重新美丽的日子了。我知道，那是他人生中最难熬的日子。他静静地等待着什么，在等什么，他不知道，他只是在等，因为除了等待，他无能为力。他是被囚禁在地狱的天使，本该制造幸福的他却眼睁睁地看着一幕幕的残忍。他被人活生生地挖去了心脏，这种血淋淋的残忍，本不该让这样清澈的人经历。然而，这或许就叫作命运吧。我猜，仓央嘉措在佛前跪了许久，许久。他想问问佛祖，自己到底错在哪儿了、自己该怎么办？爱情、佛祖真的本是殊途么？为什么宁玛派与格鲁派同为佛教却有着这样的区别？到底是谁主宰了自己的命运？宗喀巴还是五世达赖，又或是桑结嘉措？他该怪谁？……他不停地问着自己各种各样的问题，他想要妥协、屈服。屈服在宗喀巴脚下，屈服在桑结嘉措脚下，屈服在拉藏汗脚下，或者屈服在康熙帝脚下。管他呢，这都与他无甚相关。他只要达瓦卓玛。

　　仓央嘉措想到了达瓦卓玛，她在做什么呢？一定是在想念自己，一定。她还不知道，两人一别已成永别了。或许自己该见她一面。他又觉得，这样的见面必定是撕心裂肺的疼痛，那种感觉，当他在乞求桑结嘉措的时候，他已经体验过了。痛不欲生，这样的词语用在此处显得那么无力，完全无法表达他当时的感受。一个字、一个字在他口中说出来的时候，仿佛像是用极钝的刀，一下下地割下自己身上的肉。心口完全失去了压抑的感觉，那是一种无法感觉到自己存在的存在。

　　仓央嘉措在布达拉宫内，与世隔绝。他不

想见任何人，他不想做任何事，他只是想冥想。他在自己的世界里和自己的达瓦卓玛相会，在那里，他们能肆无忌惮地相爱，不必理会任何人、任何事。相爱，是个写起来、想起来都是那么迷人的事情，然而现实总是和想象没什么联系。

## 第六章

# 受难·此行莫恨天涯远

将帽子戴在头上，
将发辫抛在背后。
他说："请慢慢地走！"
他说："请慢慢地走。"
他问："你心中是否悲伤？"
他说："不久就要相会。"

夏河拉卜楞寺藏语全称为"噶丹夏珠达尔吉扎西益苏奇具琅"，意思为具喜讲修兴吉祥右旋寺。拉卜楞寺是藏语"拉章"的变音，意思为活佛大师的府邸。据说，第一世嘉木样选定大夏河旁的扎西旗为寺址，后来拉章（佛宫）建成之后，出于对大师的尊崇，在寺名前冠以"拉章"，即为"拉章扎西旗"。久而久之，拉章就变成了拉卜楞。嘉木样则是拉卜楞寺寺主的转世系统称谓。

这座坐落在甘肃的寺庙，同样为格鲁教派六大寺庙之一。然而，唯独它在西藏、青海之外，颇有些遗世独立的味道。我喜欢这样与世隔绝的感觉。

仓央嘉措屈服在了第司桑结嘉措的威胁之下，这样的屈服并非本意上的顺从，而是一种强压心中愤懑之感的绝望。然而，让他崩溃的日子还是来了。仓央嘉措在布达拉宫中听到关于达瓦卓玛家族的湮火。他不敢相信自己的耳朵，他完全不能理解，为什么桑结嘉措要这么对自己。自己已经顺从他了，他为什么还要赶尽杀绝？关于谁对谁错的问题，仓央嘉措不愿意再想，他只是想知道，到底达瓦卓玛怎么样了。他再次于夜晚偷偷溜了出去，夜晚的拉萨街道，显得那么死寂，仿佛和他曾经认识的那条充满着甜蜜的街道完全不同了。他还是看到了，达瓦卓玛家已然是一片废墟。他想要走进去，看看那些曾经相识的地方，那个孕育了他所有的仿佛前世寄托了过多哀伤的所在，感受一下初次会面的注定悲伤的幸福。如今所有有关达瓦卓玛的事物早已都变成了奢求。

达瓦卓玛的家族是不是已经被桑结嘉措毁灭了？想到这，仓央嘉措完全无法再想象任何有关美好的东西，他想要质问桑结嘉措，他想要知道达瓦卓玛是否安全，他想要撕裂桑结嘉措，看他是否是佛口蛇心，然后和他同归于尽。便将这样的一生，葬送掉吧！何苦活成这个样子？仓央嘉措想要杀掉桑结嘉措，他愿意和这样终结了自己一生的男人一同结束。仓央嘉措飞奔回布达拉宫，他已经认定，那里便是他和桑结嘉措的坟墓。那个葬送了他所有感情、耗尽他生命的地方。或许，即便是终结自己也罢，他不愿意多想，也不愿意思考什么结果、责任，因为他的心思已经随着卓玛家的毁灭而毁灭了。

清晨的布达拉宫，如往常一般渐渐有梵音响

起。而仓央嘉措的心情却无法平静，他想要找到桑结嘉措，完全没有目的，或者目的只有一个。在第司的府邸，仓央嘉措看到了那个身材弱小、略显消瘦的男人。

"达瓦卓玛在哪儿，她的家人在哪儿？"仓央嘉措眼睛通红，像是一头杀红了眼睛的野兽。这样的表情从未在仓央嘉措脸上出现过。

"尊者您是怎么知道的？"桑结嘉措也有些疲惫。连日来和拉藏汗的明争暗斗已经让他费劲了心思，在他的眼中，仓央嘉措更像是一个还没长大的孩子，在为了自己的玩具而吵闹着。他不想为了这样的东西一而再，再而三地和仓央嘉措纠缠。桑结嘉措也渐渐意识到，仓央嘉措似乎已经到了崩溃的边缘了。然而，他始终不明白，究竟是什么让仓央嘉措为了一个女子宁愿放弃一切。

仓央嘉措将准备好的绳子和象征着活佛身份的衣服扔到了地上，声音不大却极为决绝地说道："活佛的身份，我还给您。从今天起我不再是活佛。杀了我、囚禁我、放了我，随你选择。"

桑结嘉措不知道该如何说，他有些想笑，但又笑不出来，微微叹了一口气说道："您以为您活佛的身份是由我来定的么？您以为活佛的身份是想夺就夺、想给就给的么？"桑结嘉措站起身来，他有些愤怒了，巨大的声音从那个似乎弱小的身体里散发出来，"您是观世音菩萨的化身，不仅您的前世、今生会是活佛，您的来世也是活佛。您作为活佛，不仅要庇护西藏百姓，您还要庇护天下所有的生灵。您的行为已经被拉藏汗作为把柄报告给大清皇帝了，而您，竟然仍旧如此执迷不悟，您知道如果您被认为是假活佛后果是什么吗？"桑结嘉措没有等待仓央嘉措回答，因为他已经有些疯狂了，多年来积攒在心中的不愉快犹如洪峰一般，滚滚而来。"后果就是，您要死，我要死，这所有的一切都会化成灰烬，到时候那是一万个达瓦卓玛也无法抵挡的。死去如此之多的人还不会罢休，格鲁教派、宗喀巴，以及数百年来的历任活佛和他们用心血造就的佛教经典全部都会成为灰烬。到时候，西藏百姓还会陷入一轮又一轮的劫难。这所有的一切便都是从您不做活佛开始，这所有的灾难岂是达瓦卓玛家的房子能比的？格鲁派的灾难，西藏百姓的痛苦。尔后是战争、杀戮，遍地尸体、满目疮痍、生灵涂炭。如果说这些都是您愿意看到的，那您必然仍会一意孤行。而我终究也无能为力了。"

　　仓央嘉措从未看到过如此认真且又带着一丝凝重的桑结嘉措，这个瘦小、眉毛浓重如峰的男子，内心蕴含着怎样的能量。仓央嘉措好像从未思考过这样的问题。正如桑结嘉措无法理解仓央嘉措的钟情，仓央嘉措同样无法理解桑结嘉措的深沉。这是两种完全不同的世界，蕴含在同样优秀的灵魂中。仓央嘉措想要反驳桑结嘉措，但是他又觉得桑结嘉措说的确实是对的。而倘若桑结嘉措说的是正确的，难道自己对达瓦卓玛的爱恋是错误的？他只是想和达瓦卓玛厮守终生，这难道也有错吗？倘若是错，或许只是"活佛"的错。而如此便再次回到那个爱情、佛祖的问题上了。仓央嘉措有些绝望，他确实绝望了。沉默了许久，头也低了许久，仓央嘉措终于抬起头来了，他抬头望着桑结嘉措，他只想知道一个问题——达瓦卓玛是否尚在人间。

　　"达瓦卓玛，她还活着吗？"仓央嘉措麻木的嘴唇、麻木的脸，也伴随着同样麻木的音调。倘若不是他眉心的一丝哀愁，或许，任何人都会觉得他早已是心如死灰了。

　　"活佛您让她活，她便是活着的；您让她

死，她便是死了的。"桑结嘉措巧妙地躲避了仓央嘉措的问题。

仓央嘉措紧紧地闭上了双眼。他知道，桑结嘉措已经告诉他了。对于桑结嘉措来说，挡在面前的一切事物都是阻碍。而想要畅通无阻，只有一个办法：消灭它。仓央嘉措领教过桑结嘉措的手段。他对待其他人生命的态度近乎无视。

命运似乎和仓央嘉措开起了玩笑——让他出生在宁玛派的家庭中，让他成长在格鲁派的环境里，让他爱上达瓦卓玛，让他"亲手"杀死属于自己的爱情。仓央嘉措在这样的错综复杂中沦陷。这是一种惩罚，有时候仓央嘉措会想，自己前世究竟是谁呢？难道真的是别人对他说的那个伟大的男人么？仓央嘉措有些不敢想象。倘若真的是他，那自己今生为何如此沉浸在自己的世界呢，为何没有一丝想要征服世界的冲动呢？在自己内心之中，究竟住着一个长相如何的人？他想要找，可是，仍然无从下手。他在幻想，或许自己前世只是一个普通男子，而达瓦卓玛也是个普通女子，两个人在西藏的某个不知名的角落中幸福生活着，身旁有子女环绕。在清晨，自己会抱着达瓦卓玛醒来。眼前是那个如山顶之雪的女子，她睫毛微微颤动的样子，忍不住让人怜惜。

倘若是这样，那为何今生两个人会以这样的方式结束呢？如此看来，前世并非如此。自己应该是个负心汉，前世之中，他嗜赌成性，完全忘记达瓦卓玛是自己的妻子。他赌了又赌，赌了又赌，终于将自己家的房子、田地、牛羊都输得一干二净。最后，他甚至将达瓦卓玛也输了出去。达瓦卓玛临别之时看着自己那不成器的样子，流下了眼泪。尔后，达瓦卓玛也终于因不堪其辱而香消玉殒。前世的自己，在得知此事之后，终于还是良心发现了。他总是忍不住去赌博，于是只好结束了自己的生命。上天为了让自己偿还前世的孽债，于是才让今生的自己如此爱她，并让自己承受这样的痛苦。仓央嘉措想，这大约是唯一能够解释如此境地的说法了。

仓央嘉措呆呆地坐在这样的世界，一个没有了达瓦卓玛的世界。他不知道今生将何去何从，也不知道自己的来世将如何发展，他甚至不希望自己会有来世，他甚至希望自己从此便在世间烟消云散的好。可是转念一想，桑结嘉措说过，自己不仅今生将要是活佛，来生还会是。这是一种怎样的惩罚！仓央嘉措想到自己和达瓦卓玛的三生约定，曾经的海誓山盟终于还是被命运的齿轮碾得粉碎。

> 将帽子戴在头上，
> 将发辫抛在背后。
> 他说："请慢慢地走！"
> 他说："请慢慢地走。"
> 他问："你心中是否悲伤？"
> 他说："不久就要相会。"

有人说，这是一首关于爱情的诗歌，我想，倘若真的如此，那应该是单纯地写下了仓央嘉措和达瓦卓玛的爱情而已。在那个清晨，那个早上，两人又要分离了。不舍、不舍、还是不舍。想起有关琼瑶的小说和电视剧，在那里，重叠的语言仿佛真是不少，因为这样的文字和语言确实能够以最简单的方式来表达深藏的汹涌。相爱的人，总不会想起那些复杂的词汇去表达自己，在那个时刻，深情相望，任何的词语仿佛都显得多余了，只有一遍一遍地重复那些最简单的话。即便如此，那样的时刻也是美好的。我常常觉得，这个世界上，应该没有比你所爱的人恰好也爱你来得幸福了。

在西藏的雪顿节，仓央嘉措坐在最高的地方，他看到茫茫人海中有个打扮简单的女子在遥远的地方匍匐，对自己顶礼膜拜，就像其他人一样，等待着自己的赐福。他看着那个女子的模糊面容，突然，他意识到，那个女子像极了达瓦卓玛，那个让自己魂牵梦萦的女子，那个如山顶之雪的女子。他想要起身向她飞奔过去。可是，却停住了。因为他知道，这一切都是自己的幻想。达瓦卓玛不可能再出现在拉萨。最好的结果是：桑结嘉措勒令达瓦卓玛家所有的人离开。当然，即便是这样的结果也已经是一种奢望了。因为仓央嘉措知道桑结嘉措是什么样的人。按照桑结嘉措一贯的做事风格，达瓦卓玛必死无疑。他看到过桑结嘉措如何将人置之死地，他也清楚地明白，格鲁教派的荣耀对桑结嘉措意味着什么。正因此，所有挡在桑结嘉措面前的障碍，他都要毁灭。其中，也包括自己的人生。仓央嘉措知道，这一切与爱情无关，与佛祖无关。权力、胜负对于桑结嘉措更为重要。他恨桑结嘉措。

就在仓央嘉措仍然在爱情中无法自拔的时

候，桑结嘉措仍然在他权力的王国里绞尽脑汁。桑结嘉措看到了拉藏汗的野心，他深深知道，这样的战争并非是你死我亡这样的简单。一步走错，那将是永远的毁灭。毁灭自己，当然也包括和自己相关的所有事物。在这样的一场成王败寇的较量之中，我相信，没有人想做项羽。大家都愿意做刘邦。因为如果你"不幸"成了项羽，那你将在史书上留下有勇无谋的痕迹。项羽是个什么样的人，我相信，那将永远成为一个谜。因为，失败让你成了那个吟唱着"虞姬虞姬奈若何"的懦弱之人。即便是喜欢他的李清照，也觉得他仅仅是个"不肯过江东"的悲情英雄。人们早已忘记他是一个差一点就统一了全天下的枭雄，人们也忘记了他是个拥有着如何雄才大略的人，取而代之的是儿女情长的可怜模样和自刎乌江的下场。

在拉藏汗的步步紧逼之下，桑结嘉措终于想出了一个两全其美的招数。他联合色拉寺、哲蚌寺的高僧，向拉藏汗表示，自己即将永远卸任西藏摄政一职。但是，拉藏汗也要带着他的部队离开拉萨。他想要一个纯净的西藏，在那里，只有格鲁教派，没有蒙古军队。而代替他成为西藏摄政王的人，他早已经选好了，那就是他的儿子阿旺仁青。如此，他既可以仍然掌握西藏大权又可以赶走拉藏汗。拉藏汗表面上表示同意，并将部队暂时退出了拉萨。然而这自作聪明的两个政客却深深地知道，在政治的国度里，没有任何话是可以相信的，所谓诚信，那全是麻痹对手的手段而已。

1705年，第司桑结嘉措卸任了。拉藏汗也像他承诺的一样，赶往青海。其实，那只是掩人耳目的说法。拉藏汗仅仅将部队撤往西藏黑河一带，并在那里集结兵力。他预感到，这将是一个千载难逢的好时机。倘若桑结嘉措违背了承诺，那将是他重回西藏的好理由。而倘若桑结嘉措真的隐退，那么，西藏也一下失去了领导者，如此他更加没有理由不回去了。这样的动作，让桑结嘉措极为愤怒，他知道，拉藏汗的野心不仅仅是针对自己。他想要西藏，整个西藏。桑结嘉措深深地感觉到，自己实在是太低估拉藏汗的野心了。可是，西藏虽名义上是个政教合一的地方，军队力量却一直掌握在拉藏汗手中。没有了葛尔丹的制衡，拉藏汗似乎天下无敌了。桑结嘉措想到了一个改变了无数人命运的法子。与其说是一场较量，不如说是一个赌博。而桑结嘉措天生便是一个赌徒，从他准备将五世达赖喇嘛阿旺罗桑嘉措圆寂的消息隐秘开始，这场赌博便已经开始了。他一次一次得赢得赌注，那是因为他知道，如果输了，那不仅仅是失去赌资这么简单。他在拿自己的一生赌博。我不明白是什么驱使着桑结嘉措一次次地赌博，除了他是一个天生的赌徒这唯一的理由。

桑结嘉措的计谋，随着拉藏汗无赖似的举动而变得仿佛如拂过的微风一样，完全没有效果可言。这也让那个曾经的深沉男子变得像是一个心中揣着拨浪鼓坐立不安的无能之人一般。他气急败坏、他怒发冲冠、他疯狂地想要解决所有的事情，然而，他却也只能如此而已。他在自己的宫殿内发泄、他将眼前的一切毁灭，之后，便没有之后了。世界仿佛顿时变得极大，大到他连曾经把玩的东西都无法掌控。他能感觉到，西藏以及所有有关西藏的东西都在和他渐行渐远。桑结嘉措第一次感觉到无力，第一次体会烦躁到暴怒的感觉，这样的感觉让他恐惧，他疯狂地想要毁灭一切。在如此无奈的境况中，在如此混乱的思绪里，他选择了一条让天意决定一切的路——赌博。他是个天生的赌徒，至少到目前为止，他所有的赌博都获得了想象中的回报。他决定，毒杀拉藏汗。

他吩咐好一切，然后世间的一切仿佛都趋于安静了。他的身体负荷了太多的东西，他的心脏承载了太多的责任，他的衣服因为他的暴怒而变得凌乱。他看着远去的鹰，那翱翔在西藏天空的雄鹰。他相信，至少是相信，一切都会好起来，而那翱翔在西藏蓝天之上、雪山之巅的，有着明亮双眼的雄鹰能够找到它的食物。桑结嘉措瘫坐在宫殿的台阶上，等待着他人生中下了最大赌注的游戏结果。

一夜无眠。在这样的夜，在这样的时候，沉默是他最重要的依靠。桑结嘉措听到宫殿外面的声音，像是某种神灵催促生命的号角，他有预感，这样的预感与从前都不甚相同。那是一种在失控状态下产生的不安，那是一种狂风怒号之后狼藉内心的哀鸣。他在这样的世界中已经无法自拔了，并非是一句话、一件事就能够安慰他此时焦躁的心。关于仓央嘉措、关于格鲁教派、关于西藏、关于人间他都没有想法，他所有的期望只是即将到来的消息。

成王败寇，在结果出现的一瞬间，会是一种什么样的心情？普通人仿佛总是与此相去甚远的。或许，桑结嘉措并不会有什么激动的，因为这样的时刻在他一生之中屡屡发生了。一个天生的赌徒，或许不会考虑结果，他只是在享受揭开谜底那一刹那身体被灵魂鞭笞的感觉而已。

清晨的鸟声，庙宇的钟声，青烟袅袅触摸云彩的声音，还有桑结嘉措脆弱身体被刚强灵魂鞭笞的声音。桑结嘉措的门徒焦急地跑了进来，欲言又止，这一刻，桑结嘉措便已然知道了结果。然而，他始终不相信，他背着双手，转身面对佛像。长舒一口气，问道："他，是死是活？"声音仿佛已经随着青烟而去了，抽离了他的心脏。

"回第司的话，"那个将五官纠结于一处的焦躁门徒，声音同样虚弱，"失败了，计划失败了……"

后面的话，桑结嘉措已经没有心情去听了，他挥退门徒，心中早已没有了当时指点江山的感觉了。桑结嘉措知道，如今自己已经到了四面楚歌的地步了。桑结嘉措无奈地笑了笑，笑声没有人能够听到。但他可以肯定，这一次是他最开心的一笑，是发自内心的笑容，也是积压了许久的愤懑、容忍之后的笑容。他知道，自己以后再不需要向他人俯首称臣，他再不需要顾及这些那些，他再不需要向上爬行。他可以选择一种离开的方式，他可以任性一次，做一些自己喜爱的事，想做什么便做些什么，因为，他知道，拉藏汗顷刻便会兵临城下。

桑结嘉措独自一人来到了仓央嘉措的居所，在这里，他看到了那个心如死灰的男人。就连桑结嘉措自己都有些怀疑，这样没有雄才伟略的人，难道真的是自己的老师阿旺罗桑嘉措的转世灵童么？在他的眼中，自己的老师是那么高大、那么让人信服，只要有老师，他做什么都觉得没有任何问题，他知道，即便是自己做错了事，老师都会是自己最强有力的后盾。而眼前的这个男子，在儿女情长中几乎耗尽了全部精力的可怜人，没有一丝当日的气概。桑结嘉措看着仓央嘉措跪在佛祖面前，他第一次想要了解，这个人心中到底在想些什么。他想要责怪仓央嘉措，可是，他知道，所有的一切并非是这个年轻男子的罪过。拉藏汗不会理会真假活佛，这一切的污蔑都只是拉藏汗想要夺取西藏政权的结果。桑结嘉措有些可怜眼前的这个孩子，他知道，仓央嘉措是这场政治斗争中的牺牲品，他只是个孩子。他轻轻叹了口气，早知如此，或许自己当初应该对仓央嘉措放任自流才是。

桑结嘉措轻轻地走到仓央嘉措的身后，伸手抚摸着眼前这个清俊男孩的头顶。如果可以，他想要将自己即将结束的今生所残留的所有福气都传给仓央嘉措，以庇护他能够度过此劫。他闭着眼睛，嘴里轻轻地念着赐福的经文。之后，两人便陷入了沉默。

"放下吧。"桑结嘉措突然缓缓地说着，像是父与子之间的对话。

跪在佛像前的仓央嘉措，顿时感觉到心中揪结了许多年的怨恨，都在刹那间迸发了。眼泪止不住地往下流，心中早已是一片空白。仓央嘉措不知道此时的桑结嘉措为何如此温柔，像是一个包容他一切错误的家人，也像是那个他期冀许久给他指引方向的长者。仓央嘉措有些不安。那个曾经深沉又瘦小的男人，此时仿佛变得更加瘦小。而以往那些贮藏在桑结嘉措心中的巨大能量都不知道随着哪里来的风，飘走了。

仓央嘉措想要说些什么，因为他有太多的怨

恨。他想要做些什么，因为他曾经想要杀死这个让他无限痛苦的刽子手。但是他又知道，他心里能够明白，虽然他足够残忍，但他也是足够强大的。强大的桑结嘉措维系着整个西藏的安危。这点他明白，他从身边所有人的口中得到了太多夸赞桑结嘉措佛法的信息。

良久，桑结嘉措接着说道："西藏已经命悬一线了，拉藏汗集结了兵马，不日便要兵临城下了。而我，必会与格鲁教派共存亡。"停了一会儿，像是作出极为艰难的决定一般，桑结嘉措轻轻说道，"到时候西藏必定身处水深火热之中，西藏的百姓也必定会陷入无穷无尽的战争之中，你也走吧，做个普通人，像你曾经希望的那样。"

"为什么？到底怎么了？"仓央嘉措心中不免惴惴，虽然他崇尚爱情，但是，佛教是他的信仰，与他心中，信仰和纯真的爱情并没有什么不同，都是他人生的支柱。仓央嘉措瞪大着眼睛，他不敢相信，格鲁教派难道真的会被毁灭吗？西藏人民难道真的会陷入水深火热之中吗？他隐隐觉得，所有的这一切，或许都是自己的原因。难道让桑结嘉措说中了？因为自己对于达瓦卓玛的依恋、因为自己的所作所为，宗喀巴以及众多活佛、僧侣所创作的格鲁教派就要灭亡了吗？他真的难以相信，他心中仿佛也有些后悔。如果自己当时没有遇到达瓦卓玛，如果不是自己做了这些佛教禁止的举动，是不是今天或许会不一样呢？仓央嘉措眼中的泪水更加无法阻止，抽泣声让他再也说不出一个字来。

桑结嘉措看着这样俊美的少年，身上穿着红色的僧袍，华丽而又无用。他微微一笑，第一次，生平第一次，在仓央嘉措面前像是一个父亲一般，微笑着说话，完全没有任何负担和期冀，更没有要求和不满。桑结嘉措摇着头说道："孩子，请原谅我这样叫您。孩子，这与你无关，这只是拉藏汗攻打西藏的借口，他只是想征服西藏，毁灭我，毁灭西藏的统治。即便你安静地做一个好活佛，这样的事情依然会发生，因为野兽是不会因为兔子心地善良便放过它的。"

仓央嘉措第一次感觉到，原来桑结嘉措身上背负着如此沉重的东西，这与以往的桑结嘉措完全不同。他本以为，这个瘦小又蕴含着无限能量的男人只是一个掌握西藏人民生命的生杀予夺的残暴统治者而已。这不能怪仓央嘉措，因为他看到太多桑结嘉措简单一句话便夺取一个人生命的场景了。而今天，他真正意识到，桑结嘉措身上背负着什么。而自己心中，对于桑结嘉措，也有了些亏欠之感。但想一想达瓦卓玛，他又有些恨桑结嘉措。这样的愧疚与痛恨，着实让仓央嘉措心中矛盾非常。

仓央嘉措轻轻地问道："如果我离开，会怎么样？"

桑结嘉措笑了，笑容在他的脸上绽放得更加深刻。"你走以后，改换你的姓名便是了。其他的都不需要再考虑。"

"如果我不走呢？"

"那你可能会死，和我一样，一起成为拉藏汗炫耀成功的对象，一起成为他刀下的亡魂。"

沉默了一会儿的仓央嘉措，说道："我不想走。"

桑结嘉措有些诧异，曾经那个嚷嚷着要将一切还给自己的年轻人，如今是怎么了？自己现在让他走，他又不走了。他摇摇头，说道："你不走，也不会怎么样，我们的军队根本无法和拉藏汗的铁骑相抗衡。"接着，桑结嘉措又说道，"走吧，走吧。"声音很轻，仿佛是在自言自语一般。

　　仓央嘉措看着眼睑低垂的桑结嘉措，那脸上的皱纹仿佛如雪莲一般绽放着，圣洁、自在。仓央嘉措心中的某处开始为这个独力撑起西藏和平的男人开脱。仓央嘉措想，或许，至少是或许，曾经他对自己的残忍，是源于某种逼不得已的东西，他愿意相信桑结嘉措，他愿意相信他人。即便是那些对他残忍如桑结嘉措一般，他也愿意相信，这些邪恶的人有着某种逼不得已的原因。仓央嘉措微微地笑着，说道："您知道的，对于我来说，死亡或许也是一种解脱。我不怕死，尤其不怕为了佛祖而死去。爱情与佛祖，我至今尚未参透。也许在我魂归应归之处时，便是参透一切的时候了吧。"

　　听着仓央嘉措如此说起他们两人之间最敏感的事情，这许多年的矛盾所在。桑结嘉措，心中隐隐感到一些惭愧。或许自己本不该如此残忍，他低估了这个年轻人的承受能力，也低估了他对于佛祖的虔诚。他以为，如此六根未净的人，或许一定不是归于佛祖的。然而，令他始料未及的是，仓央嘉措竟然肯放弃自己的生命。而这样的原因竟是他对佛祖足够的虔诚。桑结嘉措心中有些惶恐，自己参悟佛法多年，也在政治的角逐中愈陷愈深，难道这不是一种痴迷吗？难道这不是对于佛祖的背叛吗？想到这儿，桑结嘉措叹了一口气，说道："达瓦卓玛的族人……"

仓央嘉措听到这个名字，立刻瞪大了双眼，黯淡无光的眸子已经沉寂了许久，在这一刻再次复苏。看着桑结嘉措叹了一口气而没有继续说下去，仓央嘉措也仿佛明白了些什么，眼中的光芒再次失去了。或许这一次，会是永远的消亡吧。

见桑结嘉措没有继续下去，仓央嘉措闭目说道："都过去了，都过去了。"泪水汩汩地从闭着的眼睛中流出来。

桑结嘉措认真地说道："这是我的错，我会在我将要去的地方努力忏悔我曾经的过错。"

1706年，拉藏汗的部队征服了拉萨。桑结嘉措已经烟消云散，西藏的枭雄，格鲁教派的传奇，高原上的王者，湮灭了，布达拉宫内的一切都发生了变化，除了那个被推到了最前端的仓央嘉措。他整日跪在佛祖的面前，他希望能够参透那些自己用尽全部力气都无法参透的东西——佛祖与爱情，他更希望自己能够为西藏的百姓祈福，让他们免于暴徒的摧残。然而，即便是这样的生活，也即将不保了。因为在拉藏汗的阴谋下面，并没有仓央嘉措存在的地方。拉藏汗不断制造事端，对外宣称仓央嘉措是假的活佛，对康熙帝上书表示，西藏不允许假活佛的存在。而身处中原的康熙帝，与他的祖先并不相同，他不信奉佛祖，他只信奉自己。他知道，在桑结嘉措战败之后，西藏的真正掌权者便是拉藏汗。而他，只关心西藏是否仍隶属大清，至于是谁掌权，对于康熙帝来说，都是一样的。可以预料的，康熙帝派遣使者前来"迎接"仓央嘉措进京。

没有名目，没有鲜花，也没有崇敬的感情。对于康熙帝来说，仓央嘉措是一个走上政治流亡道路的可怜人；对于拉藏汗来说，仓央嘉措是他统治西藏道路上的障碍，他所需要做的，便是消灭障碍。这似乎是所有在政治这条肮脏道路上亡命天涯之徒的必然出路——消灭一切障碍。

仓央嘉措没有选择的余地，也没有发怒的资本，他清楚地记得桑结嘉措与自己交谈的最后一句话：这是我的错，我会在我将要去的地方努力忏悔我曾经的过错。

仓央嘉措能够感觉到桑结嘉措在说这句话的

时候，那种放下一切悲凉的幸福。或许，他在最后一刻应该是幸福的也未可知。仓央嘉措这样告诉自己，他原谅了桑结嘉措之前对于自己所做的种种，他放下了达瓦卓玛，他放下了爱情，他也放下了佛祖。他放下了自己，然后随着来自清朝的使者，走上一条充满未知的道路。

在他的脸上，挂着祥和的表情。他安静地走出布达拉宫，他安静地走过街道，他安静地走在通往大清的路上。

然而，让他意想不到的是，在哲蚌寺前，众多的佛教信徒，数不清的西藏人跪在那里。他们眼神哀伤，在那条路上为他们的活佛送行。

年迈的老人，口中念着祈福的经文，双手捧着洁白的哈达跪在最前面。他抬头，眼泪在他面部的皱纹里绽放。仓央嘉措不停地感谢着前来送行的僧侣与信徒，他一一为跪在他前面的人摩顶赐福，泪水忍不住地流着，连他口中的经文都变得断断续续了。对于这样的场景，来自大清的使者全部看在眼中，他们惊讶地呆立在仓央嘉措的身后，不知道该说什么，做什么。眼前的景象震惊非常，数千人跪在这样一位年轻人的面前，与他同哭同笑。大家伸着自己的脑袋，等待着这位尊者的赐福。

> 将帽子戴在头上，
> 将发辫抛在背后。
> 他说："请慢慢地走！"
> 他说："请慢慢地走。"
> 他问："你心中是否悲伤？"
> 他说："不久就要相会。"

还有人说，这首诗是仓央嘉措在哲蚌寺与众僧人、信徒临别时候的场景。想象一下，数千人为仓央嘉措送行，数千人在为自己心中的活佛祈福，数千人汇集于一处，为了共同的信仰而将生死置之度外，那将会是如何感人肺腑。信仰是一种说不清、摸不到的东西。

仓央嘉措安静地流着眼泪，泪水滑过他英俊的脸庞，滴落在那些虔诚匍匐在他身前祈求赐福的人们的头顶上。他感激这些人，他们对于自己的活佛身份是如此深信不疑。虽然在如此的时刻，仓央嘉措仍然能够感觉到一种暖暖的幸福感在心中涌动。那是超越生死的，那是撕烂政治肮脏嘴脸的力量。天空中盘旋着哀嚎的雄鹰，那努力伸展翅膀飞翔的雄鹰，仓央嘉措相信她是达瓦卓玛为自己祝福的嘶吼，或许也是桑结嘉措的低吟，或许也是西藏千千万万格鲁教派信徒的愤怒。仓央嘉措这样想着，为信徒们赐福的修长手指微微颤抖着，他第一次真正体会到，在西藏人面前，"活佛"意味着什么。他心中能够感觉到大家给自己注入的力量。他在想，今生能够得到这样的恩宠，怕是没有什么好埋怨的了吧。他闭上双眼，想要阻止泪水从眼睛中流出，不想让自己的百姓看到如此无能的自己，他不想给大家留下的最后印象是悲伤的面容。他想笑，可是嘴角怎么都无法扬起。

　　人群中呜呜的哭声渐渐变大，伴随着哲蚌寺僧侣手中的转经轮转动的声音，像是书写着一篇哀伤的诗。人们开始跪着将仓央嘉措围绕起来，人群中小孩儿的哭声格外刺耳，顿时让场面难以控制了。那些清廷使者都已经目瞪口呆了，他们何曾看到过如此的场景。他们知道，眼前的这位神圣的尊者是这场战争的失败者，他们知道，摆在仓央嘉措面前的路只有两条：死，或是屈辱地活。但是他们却从未曾想到，西藏的信徒们竟然对这样的失败者如此崇敬。这些人互相对望，完全不知道该做什么、该说什么。渐渐地，他们也跪了下来。他们不知道自己为何跪，只是自然地被眼前的圣者感染。然而，这并不是结局，拉藏汗的部队是绝对不允许这样的事情发生的。暴怒的军队在怒吼声中践踏着仓央嘉措的信徒，他们想要用暴力驱散人群，拉藏汗无法忍耐西藏的百姓崇信除他以外的人，尤其是仓央嘉措——一个政治上的失败者。

军队踏进了神圣的哲蚌寺。他们想要用武力镇压人民，强行带走仓央嘉措。对于拉藏汗来说，任何有关仓央嘉措的事情都是敏感的，因为这将摧毁他武力进入西藏的脆弱借口，因为他相信仓央嘉措是假活佛，至少，他要让别人相信。在中国五千年的道路上，太多"挟天子以令诸侯"的人了，太多打着"清君侧"的旗号来颠覆政权的事了。这并不是什么新鲜的手段。

令拉藏汗无法预料的是，在面对生死和信仰的时候，坚强的信徒、坚强的格鲁教派信徒选择了一条让人热血沸腾的路。他们紧紧地拥着仓央嘉措，他们的活佛。面对屠刀和铁骑他们选择了令那些清廷来使更为目瞪口呆的方式，用鲜血和身躯保护仓央嘉措！

　　然而，这样的选择是无奈的。仓央嘉措看着眼前无辜的信徒一一倒下，他明白，如拉藏汗这样的暴徒，是绝对不会因为有人死去就善罢甘休的。又一个祈求赐福的信徒倒下了，鲜血四溅，染红了仓央嘉措华丽的衣服、洒到了仓央嘉措颤抖着的洁白手指上。仓央嘉措的泪水停下了，他深深地吸入一口气，站到哲蚌寺的最高台阶处，大声地喊道："都住手，都住手吧！我和你们走！"这一刻的仓央嘉措胸膛挺出，头颅高高地抬起。他第一感觉到自己是西藏的活佛，他第一次明白自身存在的意义，他第一次感觉到自己能够凭借自身的能量维护这一方百姓的生命安全。隐约间，他仿佛有某种顿悟：或许桑结嘉措是对的，或许今天的自己便是桑结嘉措希望看到的。他仿佛也不再那么恨桑结嘉措了。

　　仓央嘉措慢慢走下台阶，走了两步，仓央嘉措扶了扶自己头顶上黄色的帽子，捋了捋衣服上的流苏，擦了擦脸上的泪水和血水。他伸出双手，抚摸着身旁保护他的信徒。微笑着，说道："格鲁教派的孩子们，那些挑战佛祖尊严的恶魔必定会受到惩罚，你们不要作无谓的牺牲。我会用我的所有保护佛祖的信徒，也一定会在未来的某个时刻与你们再相会。"说完，仓央嘉措仰着头离开了。而那些僧人与信徒再次齐声诵经，为他们心中真正的活佛送行。

纵有千年铁门槛，终须一个土馒头。

曹雪芹笔下的妙玉如此给人生作了一个注解，至今仍能令人感觉到其中的悲凉。而更为讽刺的是，自称"槛外人"的妙玉仙姑，最后竟也不得不沦落红尘，陷于泥淖。有时候我们大约觉得自己将人生看得太过清楚了，所以便会如妙玉一般"参透"。尔后竟发现，人生其实复杂到不能仅仅用参透与否来衡量，甚至你会觉得，人生是一个难以解释的东西。幸福或是不幸、平淡或是疯狂、平坦或是颠簸、正义或是邪恶、甜蜜或是哀凉，这世界上并没有什么词汇能够概括人生。如此看来，妙玉对于人生的看法竟也有些自以为是的嫌疑。然而，有时候，人生其实也是简单的，简单到令人发指的地步（请允许我这样形容，因为有些人生模式想来确实让人恐惧）。出

167

生、长大、上学、工作、结婚、生子、教育孩子，如此做下去，死亡。一代代如此生活下去，想来是个恐怖的事情。如此说来，每个人的生活大体相同，只是大家在经历不同的阶段而已。然而我们终将死去，去寻找那个真实的或者是其他形式的"土馒头"。无人能做那"槛外人"。仓央嘉措如此、拉藏汗如此、康熙帝如此，你我同样如此。我们的结局早已经被注定，对此，过多的挣扎也是徒劳。追逐被人尊敬的拉藏汗，难逃被人唾弃的下场。有的时候我在想，命运是个淘气鬼，它总是戏弄着那些太过追求什么的人。尤其是那些为达目的不惜一切手段的人。暴力换不来尊敬，同样换不来不朽。臧克家说得好：把名字刻在石头上的，他的名字比尸首烂得更早。

仓央嘉措跟随着那些清廷来的使者，一步一步往前走着。在前面是一条似乎注定了的路，那里有着太多的未知和已知，就如同我们悲伤且快乐的人生一般。然而，即便如此，仓央嘉措也不得不向前走。或许，我们有时会耍一下赖，突然又哭又闹怎么都不肯前行。可是，我们知道，即便我们在这一刻坐在地上，大声哭闹，双手快速地拍打土地，以尽耍赖之能事。但是，我们终究还是会在耍赖之后、在泪水流尽之后，拍一拍身上的灰尘、擦一擦脸上的泪水，继续前行。

我想，倘若那一刻我站在仓央嘉措的身后，看着他从容离去，看着他的泪水浸透衣衫，看着人们的鲜血将他高贵的帽子染红，看着他昂首阔步走向那注定悲惨的结局，我会默默地向上天祈祷：愿他能慢走。而当仓央嘉措听到我的祝福，他也会回头一笑，告诉我：不久我们便会再相逢。

## 第七章

# 涅槃·只为途中与你相见

白色的野鹤啊，
请将飞的本领借我一用。
我不到远处去耽搁，
到理塘去一遭就回来。

　　广宗寺，俗称南寺，藏语音为"丹吉椤"，位于内蒙古自治区阿拉善盟阿拉善左旗巴润别立境内，贺兰山西麓的一个山谷之中。广宗寺建于清高宗乾隆二十二年（1757年），是由班自尔扎布台吉之子阿旺多尔济遵照师父六世达赖喇嘛罗桑仁钦仓央嘉措遗愿所建造。

　　仓央嘉措跟随着这些来自清廷的使者，虽然对于未来的路是一片迷茫，然而他知道，该来的总是会来的。在政治的博弈中，自己是一个十足的失败者。或者说，自己只是这场战争的牺牲品而已，连失败者都不是。他们会如何对待自己，可想而知。在前往清廷的途中，仓央嘉措想了许多。他想起自己的童年，那里是个无忧无虑的所在。那个叫作门隅的地方，与西藏大部分地区都不甚相同。四季如春的门隅，有河流淙淙、小溪潺潺，可以眺望雪山也可以在青山中迷失自我。那里有着太多的美好，或许当时的仓央嘉措并不知道这样的生活叫作美好。放牛、牧羊、唱歌、篝火……一切都显得那么寻常且自然。然而，山的北面便是拉萨，在那里，少了些欢声笑语却多了些清规戒律，少了些牛羊却多了些经文，少了亲人却多了个桑结嘉措，少了许多许多本该是一个十几岁的孩子经历的事情却多了很多让人厌倦到极致的被人们称作"政治"的东西。

想起这些东西，仓央嘉措有些无奈，一切的一切都已经过去了，一切的一切都必然成为了过去，随着达瓦卓玛、随着他童年的往事，永远成为往事。宿命，我不得不再次提起这个字眼，这是个略显悲伤的词语，我始终这么认为。在身处泥泞中的我们，在身处深渊中的他们，在身处乱世的仓央嘉措都不得不对这样一个悲伤的词语有着某种无奈的认同。无奈的认同，于是我们在这样一个时刻，在耍赖之后拍拍身上灰尘起身继续前行的时刻，以这样一种方式掩饰自己心中的伤痕。

我们学会许多说法，掩饰不同的伤疤。

这是歌词中的一段话，长时间以来，我深以为然。生活便是如此，我们会面对失败和失落，面对惨痛和悲伤，面对残酷和无能为力。在选择前行的一刻，终于要给自己一个说法，以此作为支撑自己继续行走下的动力。还记得三毛对于宿命的认同，她固执地相信，自己受到了"六年的诅咒"。她与荷西相识六年后结婚，结婚六年后失去荷西，失去荷西六年后结束自己。她的人生之中拥有着太多"六年的诅咒"。于是，她无奈地选择认同宿命。然而，虽然仓央嘉措几乎已经屈服在宿命的魔咒之下，准备坦然面对的时候，大清康熙皇帝的命令再次到来了。康熙皇帝责备这些带着仓央嘉措前来的使者，他告诉他们，大清根本没有办法安置仓央嘉措。

接到这样的圣旨，押送仓央嘉措的来自清廷的使者是一头雾水。因为当日下令押解仓央嘉措进京的也是康熙帝，如今走到半路，却又一道圣旨告诉他们京城没有地方可以容纳仓央嘉措。如今他们该如何办才是？

看着眼前的使者面带难色，仓央嘉措知道，这一切必定是因为自己。于是他轻声问道："到底是怎么了，我可以帮助你们吗？"仓央嘉措知道，在这件事中，在这场没有硝烟的战争中，在桑结嘉措、拉藏汗、康熙帝之间的对抗当中，自己是最多余且无用之人。如今的自己恐怕再也没有任何的利用价值了。失去活佛的身份，离开西藏的圣洁，天下之大，哪里才是自己的容身之所？

使者们心中仍有不忍，他们清晰地看到西藏的百姓、格鲁教派的信徒是如何拥护仓央嘉措的。他们知道，眼前的活佛对于佛教的信徒意味着什么。他们同样知道，这样的活佛，在权力和利益的斗争中仅仅是牺牲品而已。与河边的无定骨几乎没有什么两样，区别也只不过是利用方式的不同罢了。然而，这些都不是他们所要顾虑的，他们最顾虑的是自己的安危。皇帝下来责备的命令，显然已经没有办法再将仓央嘉措送到京城了。怎么办？杀了他？还是放走他？其中一个使者略显尴尬地说道："尊者，皇上传来圣旨责备我等将您带往京城，我们……"

仓央嘉措看着使者扭曲的表情，已经明白了一切。

白色的野鹤啊，
请将飞的本领借我一用。

我不到远处去耽搁，

到理塘去一遭就回来。

有的时候我会在家中的窗口中眺望远方的山。对于山，我没有过多的依恋，或许是因为生于山下、长在山下，所以对于山没有那么在乎吧。反而对于水却有着某种说不出、道不明的归属感。喜欢雨水、喜欢湖水、喜欢大海。长期以来，我说服自己，这样的结果是因为人们往往对于那些既得的东西不太在乎，而对于未得到的东西却存在着好奇。然而，当我身居水旁之时，那种莫名的亲切感却委实有些可怕。在苏州的岁月，在那些不知名的河边，在某个无定的雨日，于无声处，默默地感受时间流淌，仿佛滑过肌肤的纤柔手指。那种恬淡却与世无争的生活，总是令人魂牵梦萦的。我猜想自己大约在某一个世界中曾经是一条深海中的鱼，在蔚蓝的海洋中生活得无忧无虑。仅那一世，让我感受到了生命的愉悦，所以，从此以后生生世世依恋水。我固执地认为，我之所以喜欢水是因为自己曾经是一条鱼。就像是仓央嘉措喜欢山，所以他喜欢飞翔一般。不愿意以世俗的眼光看待仓央嘉措对于飞翔的依恋，然后说服自己，仓央嘉措之所以喜欢飞翔是因为他渴望自由。

他喜欢飞翔，正如他喜欢山，喜欢那如山顶之雪的女子。在青海湖畔，选择飞翔，选择了一条浪迹天涯的路。他放下一切，解放自己，也解放那些为了他的去留问题而头疼的使者。大部分的人相信仓央嘉措最后被使者杀害，而我并不如此认为。倘若我们是那些使者，就算那些使者全部都是杀人不眨眼的刽子手，难道他们会杀害一个活佛吗？即便是所有人都认为仓央嘉措是假活佛，然而，中国大部分人的思考模式都是"宁可信其有不可信其无"的。他们怎么敢杀害一个可能是活佛的人呢？

倘若我的想法都是错误的，倘若仓央嘉措真的被杀于青海湖畔，那我的感情也不愿意相信仓央嘉措这个如此纯净的男人会以这样的方式被终结。我任性地相信，仓央嘉措被使者放了，我任性地认为，仓央嘉措将在中国的大地上继续着他的神奇。

　　仓央嘉措的离开，让拉藏汗着实松了一口气。他选出了假的活佛，一个我不愿意提及姓名的人，一个即便连拉藏汗自己都不相信的活佛。他以为，西藏的百姓只是缺少一个活佛，只要有一个活佛让他们信仰，只要有一个活佛在他该出现的时候出现，做一些该他做的事，西藏的百姓便从此没有了怨言。他以为，即便是那些愚蠢的百姓不相信他所拥立的活佛是真的，那至少也可以相信仓央嘉措是假的。他以为，即便他所有的想法都不能够满足西藏百姓的信仰，那他也可以使用最后的法宝——武力镇压。然而，他所有的想法都是错的，现实和想象的差距岂止是十万八千里。西藏的百姓、格鲁教派的信徒不仅"愚蠢"地认为仓央嘉措是他们唯一的活佛，他们还选择不反抗、不顺从。这样拉藏汗有些手足无措，他本以为，倘若格鲁教派的信徒相信自己，那么一切都是水到渠成了；倘若大家不相信自己，那么他会用部队告诉他们，西藏谁都不需要信，只需要信拉藏汗就行了。拉藏汗的心中，这个世界是没有所谓神佛的，倘若有，那么也必然是自己。

在回味拉藏汗是如何对待仓央嘉措的时候，我感到，其实拉藏汗是可怜的人。他并没有给别人带来什么，他是个十足的破坏者，他破坏了自己一直想要把握到的东西。然而他自己却浑然不知且沾沾自喜着。他自作聪明地相信，武力能够解决一切问题。对待所有他无法处理的问题，他认为，镇压是最好的方法。然而，当他得不到西藏人民、格鲁教派的信任的时候，他成功的理由成了他灭亡的理由。康熙五十六年，准噶尔用了同样的方式结束了拉藏汗的统治，而他也得到了同桑结嘉措同样的结局——死亡。我猜，即便是拉藏汗死前的最后一刻，他也未必能够认识到自己的错误。他或许还在认为，自己之所以没有能够长久地统治西藏，是因为他的武力不够强大。足够强大的武力能够赢得权力和地位，这本是不容置疑的。但是，统治一个国家，即便是一个小团体，也绝不能仅仅使用武力。人说，物极必反。任何手段和方式，使用太过频繁都会变成导致其失败的原因。成也萧何，败也萧何。使用武力只能暂时得到，并不能长期拥有。对于国家是如此，对于人与人之间的关系也是如此。拉藏汗的结局便是印证其失败的最好范例。

一切仿佛都是圈套。在这样一个圈套中，我们乐此不疲地讨论着或这样或那样的可能。对于俗世中的微尘来说，一切的一切都是过眼云烟。在缥缈了无数个岁月之后，沦为人们的谈资。还记得那粒沉默了许久的微尘吗？它依然在俗世中飘荡着，关注着这个世界，关注着仓央嘉措，也关注着所有的所有。在雪山之巅沐浴阳光、在西藏高原上空飘荡、在流向未知地方的河流中迷茫。看风起云涌，看大江东去，看千古风流人物最终也化作尘土，看一代又一代的人为了虚无的事情争辩。爱情、佛祖，它不知道人们到底在讨论些什么，人们只是在讨论而已。那粒飘荡了无数岁月的微尘，零落无数个日日夜夜，没有结局、没有开始。它不知道自己缘起何处，也不知道自己魂归何地。像是人们的生命，开始、结局，任何的讨论都是无谓的反复在这个时而浮躁时而平静的世界中。

在青海湖畔，仓央嘉措悄然而去。他是一个无法解开的习题，引导着一代又一代的拥有着纯洁灵魂、向往纯洁灵魂的人们探索他的历史。仓央嘉措微笑着面对着那些无奈的使者，告诉他们，自己并不想要为难他们。那些使者被这温和的圣者感动，他们选择了一条最有利于自己心灵的方式——放开仓央嘉措。

仓央嘉措而后的经历，历史上是没有记载的。正史中，虽然没有记录仓央嘉措确实死亡，但是隐晦地告诉人们，世界上已经没有仓央嘉措这样一个人物了，属于他的时代已经结束了。而拉藏汗所立的活佛最终也随着拉藏汗永远地刻在了纸张上。

对于仓央嘉措之后的经历，我大多是从《六世达赖喇嘛仓央嘉措密传》中得知的。一位号称是仓央嘉措嫡传弟子，名叫阿旺伦珠达吉的僧人创作了这本书。而书中，记录了仓央嘉措二十四岁之后的日子。书中的仓央嘉措更像是一个无所不能的神，而不是人。书中的仓央嘉措与天花相抗争后涅槃，他遇到了空行母（空行母是一种女性神祇，她有大力，可于空中飞行，在藏传佛教的密宗中，空行母是代表智慧与慈悲的女神），他遇到了没有头颅却依然存活的人，他遇到了种种对他有着某种痴迷的信徒，所有诋毁他侮辱他的人都遭到了报应，所有崇拜他感激他的人都得到了善果……在阿旺伦珠达吉的书中，仓央嘉措与神仙没有什么两样，他们经历着各种不同的奇异事件，他们做着各种凡人不会去做的事，最后当然也无一例外地成佛成仙了。而仓央嘉措，仿佛变了一个人一般，在乱世中涅槃了。最后，仓央嘉措寿终正寝，在他该走的时候离开人世，尔后也理所应当踏入那个可悲的轮回中——活佛转世。

我个人对于这样的人生设定有着某种天然的抵抗与发自内心的厌恶。或许是少年时期受到了太多"规则就是用来打破的"思想教育，我总觉得仓央嘉措并不该在这样一个世界中生活。这样世界中的仓央嘉措，少了些血肉，少了些纯净，少了些佛性，更少了些值得我们心中一动的感情。倘若仓央嘉措真的本是如此，那么，我相信，数百年来追逐在仓央嘉措身后的一个个灵魂都不怎么纯洁，仓央嘉措也不会成为一种思想、一种精神的代名词。当然，仓央嘉措的诗歌也终将与某朝某代中的某个类似无名氏的诗歌并无两样。

对于阿旺伦珠达吉写书的初衷，我还是能够理解的。广宗寺的建立需要某种看似传奇的故事作为噱头。仓央嘉措作为那个时代的象征，作为格鲁教派信徒心中长久的幽怨，是一个非常值得去利用的名字。

仓央嘉措的顺从便如贾宝玉最终求助"仕途经济"一般，都是令人心中一酸的事情。张爱玲在她的《红楼梦魇》中也曾经说过，红楼未完乃人生一大憾事。或者说，人们并不满意程高本的《红楼梦》，对于将《红楼梦》视为一门科学的人来说，其中的用字、用词、用意都处处显露着太过刻意雕饰的痕迹；对于那些喜欢《红楼梦》的人来说，贾宝玉最终的结局显得太过美好。人们总是在猜，猜那未完的红楼一梦之中，贾宝玉是否最终选择了一条完成父母家人愿望的路，而林黛玉魂归何处？未完的遗憾有些类似维纳斯的残缺、我们未能完美的初恋、有些类似我们残破不堪的理想。而仓央嘉措的人生之所以传奇，大约也和他似是而非、未完待续的人生有着千丝万缕的关联吧。

　　仓央嘉措最终踏上了怎么样的一条路？于我，我更相信他走上了一条平凡却又自我的道路。在青藏高原之上，这位清秀的尊者化缘、念经，默默思念自己儿时的玩伴、想念达瓦卓玛、回忆那些在拉萨被人拥簇着的生活。他并不是留恋荣华富贵，只是想念能够为人赐福的生活而已，他希望自己能够帮助他人，他渴望看到身边的人幸福。仓央嘉措在山岭中露宿、在街道中流连，与野兽为伍、与善者谈佛论道。念经和参悟人生、爱情、佛法成为他毕生的任务和所有的生活。不是如阿旺伦珠达吉所说的一样，如神仙般不食人间烟火，永远高高在上的样子。我能感受到，在仓央嘉措的诗歌中感受到他。他如一个普通人一般，渴望温暖、渴望生活。他又如佛祖一般有着与常人不同的思绪，感情丰富且容易被感动，善良且与世无争。他是世间最美的情郎，也是世间最清澈的灵魂。他有血有肉，他有痛苦也有悲伤，他会微笑也会哭泣，他愿意给人们带来欢乐，也愿意将自己的福禄分享给他人。他不是经历与众不同的神仙，也不是那个不允许任何人亵渎的内心狭隘的"神"，更不是将肉身置于寺庙之中的得道高僧。他不需要宣传自己以方便他人追随，他不需要惩罚任何人以使他人对他恐惧。他无法忍受他人的灾难，他想要尽自己最大的努力来帮助那些受苦受难的人。他走过西藏的雪山，与雪山上空翱翔的雄鹰对话；他在青海湖畔留恋，与湖边的牦牛谈天；他在印度的庙宇前匍匐，向佛祖阐述人间的疾苦并请求他的庇护。他甚至还去了西湖，在西湖旁边听书，听说书人讲述西子湖边凄美的爱情故事：西施、白娘子、苏小小，随着当地的喝茶书生一同流泪。他或许还去了北京，在北京的胡同里化缘，或许还有那些王公贵族的下人哄他走，但他并不会对这些人心怀不满。他在大地上流浪，做一个孤独的行者、善良的僧人、灵魂清澈的圣者。

山一程，水一程，身向榆关那畔行，夜深千帐灯。

风一更，雪一更，聒碎乡心梦不成，故园无此声。

这首词是纳兰性德所作之《长相思》。羁旅

行驿的词中，我最爱这一首。人们都说，纳兰是如何一个痴情的男子、是怎样一个完美的情郎。当然，对于这样的评价，我也是深信不疑。然而，我却更喜欢纳兰性德对于词汇的运用以及他对于生活中那些许心动的掌握。著名国学大师王国维先生对于纳兰性德的词有着极高的评价。王国维在《人间词话》说：北宋以来，一人而已。如此即是已然超越了南唐后主李煜了。众所周知，王国维对于李煜的词是如何的喜爱，然而在王国维心中，纳兰性德尤胜李后主。"山一程，水一程"一个"一"字，用得何其刁钻，读起来也是极为连绵。而纳兰性德的"人生若只如初见""我是人间惆怅客，知君何事泪纵横"等等更是广为人知。在我看来，纳兰性德能够写出这样的诗歌，正是因为他有着纯洁、通透的灵魂。如仓央嘉措一般。这也是为何在民间流传着那样的传说：李煜转世而成为柳永，柳永转世而成为纳兰性德，纳兰性德转世而成为仓央嘉措。我心中知道，所谓"转世"是人们对于这些拥有着纯洁灵魂之人的一种依恋和痴迷，与真假、是非无关。假的便让它假下去吧，何必去考证！曹公说，假作真时真亦假，无为有处有还无。畅快。

联想到这首诗歌，并非无病呻吟。因为，我在想象仓央嘉措离开故乡四处飘零时必将想起家乡的刹那。想起门隅的山水、亲人、花鸟，想起拉萨的桑结嘉措、那些虔诚的信徒以及那烟消云散了若干个春秋的达瓦卓玛。"山一程，水一程"飘荡着多少的心酸，"风一更，雪一更"寄托着多少的依恋。当他身患疾病的时候，身旁并无人照料，他或许会想起自己身在拉萨的岁月。在那里，他是世间最伟大的神，他是人间最和善的佛，他接受信徒的朝拜，赐福给他们，然后享受那种看着别人微笑生活的感觉。当他看着痴情男女心碎的时候，当他听到凄美的爱情故事的时候，他会想起达瓦卓玛，想起那些个两人不忍分离的早晨，然后默默地心碎。倘若仓央嘉措与纳兰性德相识，或许他们会成为彼此眷顾的好友。作为一对知心不换命的好友，在湖边的小亭子里把酒言欢，彼此倾吐着对心仪女子的爱慕之情。看到西湖的仓央嘉措，或许会在湖边驻足，然后看着傍晚的红红的云彩渐渐变暗，思念起西藏的天空。或默默地流泪，或轻轻地笑给自己。

聒碎乡心梦不成，故园无此声。

纳兰性德在《长相思》中是这样说的：风一更，雪一更，聒碎乡心梦不成，故园无此声。康熙十五年，纳兰性德作为康熙的贴身侍卫伴驾而行。山海关，风雪交加。朔气传金柝，寒光照铁衣，塞外的场景总是如此肃杀、凄凉。有风有雪的季节让纳兰性德无法入眠，而想起家乡的日子，总是没有如此凄凉的场景的。思念家乡，思念家乡的亲人，因为"风一更，雪一更"。而仓央嘉措会因为什么想起家乡呢？西藏的雪，西藏的风，西藏的河流，西藏的鹰，西藏雪山之上那纯洁到透明的雪花……

仓央嘉措返回了拉萨，我相信他必然会回去的。然而，已经没有人认识他了。褪去了活佛的光环，脱下了华丽的衣服，仓央嘉措看起来和普通的僧人没有任何区别，只是他经历了太多的岁月侵蚀。长途跋涉让他的皮肤变得黝黑，那个曾经白皙俊美的男子身上多了些刚毅的气质。眼神更加和善且充满着睿智，只是还有些遗憾：那曾经清澈透明的眼神，已经随着岁月的流逝而远离了自己。

　　仓央嘉措走过那些熟悉的街道，他记得一个个早晨，自己与达瓦卓玛分别之后的早晨，他经过这里、那里，返回布达拉宫。他远远地望着布达拉宫，那里的日子就像是一场梦，一场说不出是美梦还是噩梦的梦。他看到曾经达瓦卓玛家的房子已经被新盖起的房子所取代，那里盖上了新的酒家。他看到街上的人们并没有什么两样。原来，没有了自己的庇护，西藏还是西藏，拉萨还是拉萨。他看到街道上的军队在巡逻，那些是拉藏汗的士兵。他听说了有关新达赖喇嘛的事情，那是一个如同自己曾经一般的傀儡。唯一的不同是，这个傀儡所过的生活比曾经的自己还不如。至少，至少自己当时还是受到信徒们的跟随的，而如今，这位匆忙上位的新达赖，根本没有人再信服他。仓央嘉措感觉到，当时的自己其实算是幸福的。自己没有求过什么，只愿佛祖能给自己一个居所，让自己随时能够与他共舞，而当时的自己确实得到了。虽然没有了达瓦卓玛，这是他唯一的痛。

　　这是一种令人兴奋的感受，作为曾经受万人景仰的达赖喇嘛，如今，好似普通人一般在街上行走，却没有任何人能够认出自己。

　　天空中盘旋着翱翔的鹰，就像是自己离开时候的样子。仓央嘉措默默地念着经文，他知道，这是桑结嘉措在和自己打招呼。他走到哲蚌寺的门前，众人守护自己的场景就在眼前这片圣洁的土地上发生了。自己曾经得到过如此多人的爱护，夫复何求？流浪的十几年间，常常感谢那些为了他而奉献生命的人，他匍匐在地上，将洁白的哈达献给大地，以此祭奠那些曾经为了信仰而舍弃生命的人。他热爱这片土地，这片让他理解什么是神圣的土地。仓央嘉措站起来，转身离开。他明白，今天的旅程将是他与拉萨的最终告别；他明白，所有的一切都可以在今天终结；他明白，这一生的恩宠对于自己来说是值得骄傲的。他不想再讨论拉藏汗的对错，他不愿意再思考桑结嘉措的成败，也不想再次成为活佛，更从未想过自己是否应该再次回到那座宏伟的宫殿之中。但他会继续为西藏的百姓祈福，他愿意将自己一生的福禄分给那些身处苦难的人，包括那个如同过去的自己一般可怜的"现任"达赖喇嘛。他已经忘记自己曾经是那个高高在上的六世达赖了，也忘记了达瓦卓玛，他忘记了一切，除了佛祖与爱情。这并不冲突，忘记达瓦卓玛却铭记爱情；这并不可怕，自己的人生中再不会有类似的爱情了，因为达瓦卓玛已经耗尽了他全部爱的能力。他知道，自己的爱情只会将自己的爱人带入深渊，即便是如今。在爱情的旅途之上，他选择了一条将所有一切深藏于心的艰难道路。曾经的一切便是他爱情的全部，曾经的一切不会是他爱情的全部。因为他会在心中默默感受，如此既不会亵渎佛祖，也不会害了其他人。这是一场长久而又没有结果的恋爱。

阿旺伦珠达吉并没有在《密传》中记录仓央嘉措是否回过自己的故乡门隅。然而，我却相信他会回去。那样一个地方，那样一个美丽如梦境般的地方，没有理由不回去再看她最后一眼。那里的溪水潺潺、流水淙淙；那里的牦牛健壮而又充满激情；那里的湖水清澈，清澈到让人心碎的地步；那里的山没有棱角；那里的女子如山顶之雪。那是仓央嘉措灵魂栖息的地方，那里是仓央嘉措寄托了太多思念的所在。他一定想要看一看儿时他放牛的地方，他一定想要看一看自己的亲人、朋友是否安康，他也一定想要看一看那些个属于自己、留下自己痕迹、飘落过自己的笑声的地方。

我相信，仓央嘉措的回归绽放了他的灵魂。他看到那些童年中留给他极深印象的天空，西藏的天空，清静、唯美。星星的样子格外闪烁，月亮的脸庞极为清晰。仓央嘉措在水潭边静坐良久，他感受着清风拂过的感觉，像是纤细手指轻轻滑过生命肌肤的刹那，销魂。曾经自己在京城、在西湖之畔、在青海湖胖、在沙漠中思念了许久的感觉，那种家乡的味道，缓缓地滑进了他的身体。

越来越多的人们开始走向西藏，不为佛祖、不为风景，只为了净化自己的灵魂。我相信，人的灵魂本不是纯洁的，然而，人们却渴望纯洁。正如人们喜爱仓央嘉措一般，当我们看过了太多肮脏的种种，当我们在生活的泥泞中举步维艰，我们便需要这样的纯净。西藏，我坚信，那本是人们该去永久停留的地方。西藏的天空与都市的天空有着严重的区别，习惯了醉纸迷金的我们，必然会寻找灵魂寄托的地方；习惯了尔虞我诈的我们，太需要找一个地方去宣泄心中的郁结。你、我、他，越来越多的人开始寻找一个可以讲灵魂寄放的地方。

喜欢仓央嘉措，喜欢他的深情、喜欢他的纯净，这是我们向往的人性中最清澈的部分。于是，我甘愿他在之后的人生旅程中不是一个活佛，我愿意相信他在"哲蚌寺事件"之后思考了自己的人生，我愿意他在青海湖畔选择了离开，不仅仅是离开了政治，也离开了成佛的路。在那样的道路中，仓央嘉措只为了自己而活，做自己想要做的事、做自己喜欢做的事。他去西湖旁听人说书、他在北京的胡同中化缘、他在尼泊尔和印度礼佛。他可以在佛前安静地打坐，与佛祖对话。他也可以在门隅、拉萨寻找那些自己曾经快乐的足迹和纯粹的生活。《密传》中记载的所有神奇，在我的眼中都只是阿旺伦珠达吉的营销手段；《密传》中记载的所有辉煌，在我的眼中都是因为他们崇敬仓央嘉措而加上属于他们对于仓央嘉措的理解的东西。

人生的喧嚣，抵不过那粒穿越千万个春秋的微尘发自内心的一抹笑容。它默默地看着仓央嘉措在青海湖畔起飞，走过千山万水，在一程程山水中经历着种种。它喜欢这样的仓央嘉措，它为仓央嘉措高兴，它能看到来自仓央嘉措内心的呼喊，它能触摸仓央嘉措的悲伤。逃离之后的回归，是仓央嘉措对于人生的领悟，也是那粒默默祝福仓央嘉措的微尘为他亲自铺砌的路。

仓央嘉措在拉萨居住了一段时间之后，返回了阿拉善。在那里，他是一个忘却了一切的得道高僧。我猜想，此时的仓央嘉措应该身处十地之中的"焰慧地"吧。佛家谓之：大彻大悟。有些悲凉，有些哀伤，微笑中带着一丝惨淡的味道。如此看来，大彻大悟也未必是好事，对于那些心脏中储存着沸腾鲜血的人们。然而，我们却不得不说，在这一点上《密传》中对于仓央嘉措的表述是相对合理的。在经历如此人生的巨变之后，走过万水千山之后，大彻大悟是一个行者的最后归宿。

仓央嘉措返回阿拉善，而拉藏汗所推出的达

赖喇嘛在之后的一年被囚禁了。七年后，这个我甚至不愿意提起名字的可怜人，安静地离开了人间。布达拉宫中几乎未留下任何的痕迹，而格鲁教派的信徒们也从没有人愿意再提起他。人们似乎有着某种约定，大家都只是一味地想念仓央嘉措。对于他在拉萨的风流韵事越传越浪漫，对于仓央嘉措的佛法越传越神奇，对于仓央嘉措的冤屈越传越愤怒。人们忘记了，有个悲哀的傀儡：拉藏汗的玩偶，一个我不愿意提起名字的人，一个被历史遗忘的"活佛"。他没有留下任何的传奇，也没有留下任何英伟的传说，即便是他人的污蔑都没有。这个我不愿意说起名字的活佛，有些类似一片文章中的错别字。写错了，于是在那个错别字的尸体上画上两道，便没有然后了。我们不会为了这无伤大雅的遗憾而遗憾，我们只会在读到这个错别字的时候轻轻跳过。当然，拉藏汗也被处死了，在这个错别字的尸体被划上两道的一刹那，拉藏汗的尸体也被抛在了某个未知的地方。他的尸体比石头上的名字腐烂得更早。

白色的野鹤啊，

请将飞的本领借我一用。

我不到远处去耽搁，

到理塘去一遭就回来。

传说这首诗是仓央嘉措在哲蚌寺事件之后写下的。他告诉他的信徒们，我不到远处去耽搁，到理塘去一遭就回来。于是，信徒们便相信，仓央嘉措"死"后，他的转世灵童是出生在理塘的。这是符合活佛转世系统的传统。上一代活佛会在临终前给自己的信徒们一些转世灵童的消息。

我在想，倘若仓央嘉措并没有真的去世，那以后的达赖喇嘛到底是真是假呢？那个叫作格桑嘉措的孩子，最后被格鲁教派从理塘找到，尔后受到大清皇帝的册封。开始的时候，由于关于仓央嘉措是假达赖喇嘛的传闻甚嚣尘上，所以格桑嘉措仍旧是六世达赖喇嘛。然而，这并不能抵挡仓央嘉措的信徒们对于仓央嘉措的虔诚，他们始终坚信仓央嘉措才是真正意义上的六世达赖。于是，他们称格桑嘉措为七世达赖。尔后，大清的皇帝无法抵挡来自西藏的虔诚，顺从民意，册封格桑嘉措为七世达赖，并追认了仓央嘉措六世达赖的身份。然而此时的仓央嘉措，或许已经不再在乎这些东西了。应该说，他从没有在乎过活佛的名号。一切的一切，都只是那些欲望奴仆的可笑把戏而已。

《密传》中始终记载着仓央嘉措的神奇经历，这让我内心感到一丝莫名的酸楚。因为我始终不相信，仓央嘉措会和某个王爷、公主相识，也不能想象仓央嘉措把弄着江湖骗子的把戏——显露他的神奇。当然，我更不愿意相信他有着某种超越人类的特异功能。

或许，他真的会在广宗寺离开，然后将肉身置于那个地方，然后，成为永远的传奇。

## 第八章

# 梦·此生虽短意缠绵

在极短的今生之中，

邀得了这些宠幸；

在来生童年的时候。

看是否能再相逢。

巴桑寺，宁玛教派，我猜测那是一个传说中的寺庙。在山南错那，那个如同蓝宝石一般的地方。蓝色的天空下面飘荡着蓝色云，蓝色的云彩下是蓝色的梦，蓝色的梦乡里有一片蓝色的湖。未命名的湖水中游着不知名的鱼，还有那些没有名字的孩子在湖水中嬉戏。我在梦中曾经去过那个地方、我在梦中曾经在那座寺庙的佛像前参拜、我在梦中曾经看到童年的仓央嘉措跳跃着前行。他瘦小的背影一直在我眼前跳跃，还有一首从他口中飘来的好听的歌。

土地平旷，屋舍俨然，有良田美池桑竹之属。阡陌交通，鸡犬相闻。其中往来种作，男女衣着，悉如外人。黄发垂髫，并怡然自乐。

陶渊明曾经这样形容他心目中的理想所在。其实我有些怀疑，陶渊明是否去过西藏的那个并不出名的地方，山南。那里所拥有的美景，与陶渊明的《桃花源记》中所形容的并无差别。山南与西藏大部分地方都有些差别，那里是西藏最低的地方，那里四季、昼夜的温差也比西藏大部分的地方小得多。那里如同西藏的江南，鱼米之乡。相传，文成公主曾前往山南教大家生产，于是那里人民的衣着便与当时文成公主所穿的衣服相同了。"男女衣着，悉如外人"这句话就像是为山南那些人量身定做的一般。

在极短的今生之中，
邀得了这些宠幸；
在来生童年的时候，
看是否能再相逢。

这四句话中深藏着仓央嘉措对于生命的感恩之情。他并没有埋怨生活对他的不公平。在今天的我们看来，他的一生充满着悲情。他没有童年、没有成年，他甚至没有人生。他的一生被人安排和利用，他在失去利用价值的时候遭人遗弃，他在失去拥护时选择流浪和平凡。他爱上了自己本不该爱的人，他经历那些痛彻心扉的伤。然而，这所有的一切都不能成为他埋怨生活的理由。仓央嘉措感谢信徒们对他的虔诚，他也感谢那些在他极短生命之中走过的人，他甚至会感谢桑结嘉措。是桑结嘉措带他来到拉萨，让他在布达拉宫的最顶端接受百姓的朝拜。他感谢达瓦卓玛，那个给予他人生最灿烂辉煌的如山顶之雪般的女子。是达瓦卓玛告诉自己什么是爱，是达瓦卓玛给予自己最深沉的祝福，也是达瓦卓玛给了自己人生中最美丽的东西——爱情。仓央嘉措感谢那些在自己生命中出现的人，而这，是一种胸怀。这样的胸怀就如同赵传在他的歌中所唱的那样：所有知道我名字的人，你们好不好？

所有知道我名字的人，你们好不好？有的时候，我确实也想问一问。我喜欢看到别人幸福，我喜欢别人告诉我他们正在幸福着。看到别人幸福，就如同我自己也幸福了一样。仓央嘉措是否也是这样呢？我相信，他是的。因为这是一个佛者所具备的最基本的品质。而仓央嘉措，所有西藏百姓心中的神佛，所有信徒眼中的一切。他告诉人们，今生的他并不会觉得失败，今生的他也不会感觉到哀伤，他深深地爱着这片生他养他的土地，他深深地爱着那些对自己投以虔诚目光的门徒，他也深深地爱着所有与他发生关联的人们。他想要在来生重新回来，对着那些在今生与他相逢的人笑。不告诉他们自己此生的来意，只是微笑，然后在他们诧异的时候轻轻走过去亲吻他们的额头。他想要亲吻自己童年的伙伴，他想要亲吻达瓦卓玛，他想要给桑结嘉措一个拥抱，他甚至想要拍一拍拉藏汗的肩膀。当然，倘若来世里的拉藏汗仍然是执迷不悟着，仓央嘉措愿意为他摩顶赐福，希望神灵保佑他脱离欲念的控制，逃脱权力的牢笼。让时间所有的恩怨在此画上终点，给那些执迷不悟的人一个重返安静路途机会。菩提本无树，明镜亦非台。本来无一物，何处惹尘埃？六祖慧能对于人性的理解可谓深刻到极点了。内心清澈的人，总是不需要掩饰和修饰的。

我总是在想，仓央嘉措如此清澈的灵魂会在何处埋葬呢？我总是在问，这一切的一切将以何种方式结局呢？我想了又想，问了又问，却始终找不到答案。我在想，也许当我真正前往西藏的时候，一切都会有答案。然而，情况并没有好转。当我想要找寻仓央嘉措的时候，西藏还是西藏，拉萨还是拉萨，青海湖也只不过是青海湖罢了。我感受不到西藏的心跳，感受不到拉萨的哀鸣，也感受不到青海湖的逃离。爱情、挣扎、受难、涅槃……所有的一切我都无法感受。我的世界距离仓央嘉措的心跳太远，我无法感受来自他内心世界的脉搏，也看不到曾经盘旋在仓央嘉措头顶的雄鹰。我在想，或许是时空拉开了我们的距离，我在想，或许是境界的差别太过悬殊。然而，所有的根源都随着仓央嘉措化为乌有。

问渠哪得清如许，为有源头活水来。我在这个早晨清醒，然后沉静。我看着窗外的山峰，丑陋得不成样子的山峰，突然有种顿悟的感觉。我在想，也许所有的开始便是结局、所有的结局便是开始吧。我在想，也许仓央嘉措的生命，在开始的时候已经注定。这样穿透生命的注定，其实是从他呱呱坠地的一刹那开始的、是从他第一次哭声中开始的、是从他第一次甜蜜的笑容开始的。我在想，也许我们可以回到山南，回到门隅或是错那。在那个如蓝宝石般的世外桃源寻找一份属于仓央嘉措的纯净。如那里的雪山一般明亮，如那里的湖水一般纯净，如那里的牦牛一般悠闲。

在一个叫作山南错那的地方，有一座安静了许久的寺庙：巴桑寺。青烟袅袅，绿水依依，梵音环绕，总不见喧嚣、总不见烦躁。在与世隔绝的地方，记录着仓央嘉措儿时的足迹。当我们站在那里的时候，请不要用任何的方式污浊这样的地方，请不要用任何的噪声打破这里的平静。当我们回忆这里的时候，请记住那里蓝而又蓝的天、清而又清的湖和一张张纯而又纯的脸。即便我们没有亲身走在那里的路上，即使我们身处在城市的喧嚣，我们也可以想象，即便是那里的一粒微尘也附着这佛性，让我们在未来的路上平静、欢畅。

那里的人们信奉宁玛教派。宁玛教派，宁玛（rnying-ma）藏语意为"古""旧"，也称红教，是藏传佛教四大传承之一，该派僧人都戴红色的僧帽。最近被人盛传的一首来自扎西拉姆多多的《班扎古鲁白马的沉默》（也称《见与不见》）便是由宁玛派莲花生大士的一句话演变而来：我从未离弃信仰我的人，或甚至不信我的人，虽然他们看不见我，我的孩子们，将会永远永远受到我慈悲心的护卫。

这样的胸怀让人感动，让人惭愧。或许是因为有这样的山水才养育出这样的人；或许是这样的人感化了天神，从而出现了这样的山水。一切的一切都已无从考证，但是，这样的考证同样没有任何意义。因为你只需要走进那里，你的生命中便不会再有浮躁、不会再有痛苦。在佛性的感化下，你愿意化作山巅、水边、路旁的一切一切，你也愿意将自己的一生埋葬在那里，以此来表达你对纯净生命的渴望。而这样的山水便养育了仓央嘉措。

仓央嘉措出生在这里，他也成长在这里。他在山南门隅出生，出生在一个门巴族的家庭中。他快乐地成长，他慢慢地体会着上天为他建立的家园，在这个美之又美的地方。在他七岁的时候，他已经开始在桑结嘉措的巧妙安排下进入了巴桑寺学习佛经。在西藏这样的地方，学习经文是一个人的幸福和荣耀。大多数人是不识字的，这也是为什么西藏的喇嘛手中经常握着转经轮，因为转经轮的旋转可以代替念经。这个天资聪颖的小孩子，在巴桑寺仅仅一年多便已经将《诗镜注释》《除垢经》《释迦百行传》等等佛教经典学完。负责教他学习的梅惹大喇嘛对于仓央嘉措的领悟能力简直惊为天人，他总是悄悄地和自己的师弟罗桑大喇嘛说："这孩子真是聪明，我活了几十年从未看到过拥有如此智慧的人。"说完，两个人便会一同笑起来，那些幸福在他们崎岖的脸上绽放。

罗桑大喇嘛也是仓央嘉措的师父，他和梅惹大喇嘛是师兄弟，是巴桑寺中远近闻名的得道高僧，他们都已经年过七十了。他们从未想过会在这样的年龄再收一个徒弟，然而，来自拉萨的神秘人对他们进行了嘱托，而且每年都会有资金和财物从拉萨运送而来，这笔不菲的报酬几乎是巴桑寺三年的开销。他们都知道，仓央嘉措是注定不平凡的人，却不知道他是格鲁教派的活佛。开始，他们都以为仓央嘉措只是某个达官贵人的私生子而已，然而，仓央嘉措的聪慧让罗桑大喇嘛开始有些思考，他在想：难道这个小孩子是拉萨的转世灵童？然而这样的想法让他恐惧，倘若如此，岂不是说明五世达赖已经转世了？可是……罗桑大喇嘛不敢继续想下去了。他只是默默地告诉自己，对于这个孩子他一定要用出自己毕生的学问。

"孩子，你在看什么？"梅惹大喇嘛在教仓央嘉措学习经文的时候，突然发现这个孩子开始望着窗外的天空。

仓央嘉措感觉到梅惹大喇嘛责备的目光，于是低头说道："对不起，我在看外面的云彩和雪山。"

梅惹大喇嘛并没有责备仓央嘉措，因为他感觉到这个孩子的歉疚。于是笑了笑说道："你不必感到愧疚。因为作为一个礼佛之人，世间万物都应该是你关注的对象。佛理不仅仅局限于经文之中，一切都是佛理。"梅惹大喇嘛停了下来，他看到仓央嘉措清澈的眼神中透着对于世界的好奇。他想要将自己对于生命和人生的理解告诉他，他不愿意仓央嘉措仅仅被局限在书本之中。梅惹大喇嘛接着说道，"经文、书籍为你理解这个世界提供了一个思路。真正的佛理还是需要你在以后的道路上仔细地思考才是。"

"那云彩之中也有佛理吗？"仓央嘉措对于梅惹大喇嘛的话似懂非懂，其实他刚刚只是走神了而已。他被外面的世界所吸引。

梅惹大喇嘛点了点头，笑着说道："云中也有佛理。"

　　"云彩中有什么佛理呢？"仓央嘉措有些迷惑，关于梅惹大喇嘛所说的云中的佛理，他想要明白。关于外面的世界，他充满着迷惑。

　　"每个人对于云彩的理解都是不同的。你很难说哪一个是对的，哪一个是错的。可能很多人觉得云彩是缥缈的、是虚幻的。有的人认为云彩是通往天界的阶梯，有的人则认为云彩是通往智慧的路。而我则认为云彩就只是云彩而已，它给我清净的灵魂，或许我前世只是错那上空的一片云彩吧。"

　　梅惹大喇嘛的话让仓央嘉措有些迷茫，他从没有想过自己的前世是什么，也从未觉得云彩与自己相关。他低着头，又抬起来看了看外面的云彩，接着说道："那我的前世是什么呢？"

　　梅惹大喇嘛微笑地看着自己的爱徒，他知道，这样的话题对于一个仅仅十多岁的孩子来说是有些超前了。他没有说话，只是用手覆盖在仓央嘉措的头顶之上，轻轻地抚摸，心中怀着深深的祝福。


　　仓央嘉措坐在湖岸边，看着远处的雪山，他

心中想着梅惹大喇嘛所说的话：或许我前世是错那上空的一片云彩吧。他有些羡慕梅惹大喇嘛。为什么自己前世不是云彩呢？如果自己前世也是云彩，无忧无虑地看着下面的人欢快地跳舞，随着风，想飘到什么地方就飘到什么地方，那该是多么好的一件事啊。倘若自己前世不能当那一片云，今生也不是，那来世的时候会不会变成一片云呢？如果不是云，那便做那雪山上的雪莲吧。仓央嘉措听梅惹大喇嘛说过，远处的雪山上有一朵美得不可方物的雪莲花。雪莲花纯洁又美好，是所有人希望得到的神物。梅惹大喇嘛还告诉过仓央嘉措，凡是得到雪莲花的，都是上苍眷顾的孩子。仓央嘉措想要做那个上苍眷顾的孩子，虽然他不知道所谓"上苍眷顾的孩子"到底意味着什么。

"喂，你坐在这里干什么呢？"一阵纯净的声音从身后传来，将神游物外的仓央嘉措拉回了现实生活之中。

仓央嘉措回过头，却被一个拥有着美丽眼睛的女子震惊了。他瞪大着双眼，看着眼前的这个女子，他从没有想过，原来一个女孩子能漂亮到这种程度。她的眼睛弯弯的样子像是曾经挂在天上的月亮，睫毛一起一落仿佛都有风从她的眼睛里飘出来，身上蓝色的衣服被洗得发白。

"喂！跟你说话呢，怎么这么看着别人？"女孩子的声调变得有些高，但是在仓央嘉措听来，还是那么舒服。

仓央嘉措被女孩子的一声"喂"拉了回来，他觉得自己确实有些失态，而且自己是不是脑袋有毛病了，怎么今天一直会看着什么出神呢？他有些窘，忙站起身来，像是个做错事一般，低头笑着说道："刚才在想事情，所以……"

女孩子没有理会仓央嘉措，坐在仓央嘉措刚刚坐着的位置旁，说道："看你刚才看得那么出神，是在看什么呢？水里有东西吗？"声音还是那么柔美。

仓央嘉措沉溺在美丽姑娘的声音中，或许因为长时间住在寺庙中的原因，仓央嘉措很少接触到女孩子，所以他对眼前的这个姑娘充满着好奇。

仓央嘉措随着那个美丽的姑娘一同坐在湖边，回答道："没什么东西，我在想梅惹大喇嘛跟我说的话而已。"仓央嘉措看着波光中的倒影说道。

"梅惹大喇嘛？"小姑娘转头惊讶地看着身边的这个小喇嘛问道，"是那个几年前救了全村人的巴桑寺寺主吗？"

仓央嘉措点点头，说道："是的，就是那个梅惹大喇嘛。"

"你是巴桑寺的小喇嘛？"

"看不出来吗？"

"看出来就不能问吗？"

仓央嘉措转头想要责备这个姑娘的蛮横，却看到她绝美的容颜和那个如月牙儿一般的眼睛，清澈的眼神，于是也不再感到生气了。这倒不是仅仅因为这个姑娘的美丽，只是那清澈的眼神感动了仓央嘉措。他实在不忍心使用严厉的话语来斥责这样一个女孩子。

两人的眼神相遇，仓央嘉措赶忙转过头，继续看着水中的倒影。而那个女孩子却一副无所谓的样子，接着问道："你叫什么名字呢？"声音再次回归温柔。

"仓央嘉措。你呢？"

"玛吉阿米。"说完，玛吉阿米还轻轻地笑了笑，接着说道，"你的名字很好听呢。"

"你的也是。"仓央嘉措腼腆地笑着。他在不知不觉中已经开始勇敢地和眼前的玛吉阿米对看了，而且心中并没有什么不好意思。他开始慢慢忘记了身份和性别给两个人带来的隔阂。既然已经知道彼此的名字，那么应该算是好朋友了吧。仓央嘉措这样想着。

"仓央嘉措，梅惹大喇嘛是个什么样的人？我总是听父母说起他。我的父母说他是巴桑寺的寺主，还说他是一个伟大的人，他救过很多很多人呢。"

说起自己的师父，仓央嘉措有些骄傲。下巴微微扬起，说道："梅惹大喇嘛是个很好的人，温和又有知识。他知道很多很多东西。"

"他是你什么人呢？"

"我师父呀。"

"吹牛。"玛吉阿米撇撇嘴说道，"梅惹大喇嘛的徒弟肯定是下一代寺主，听说如今梅惹大喇嘛已经七十多岁了，怎么会有个十几岁的徒弟呢？而且错那多少人想拜他为师都没有成功，怎么会收你呢？你肯定是他徒弟的徒弟的徒弟。"

仓央嘉措有些着急地说道："我怎么会说谎呢，如果我说谎，就让我变成林子里的兔子被天上的老鹰叼了去。"

"你真是梅惹大喇嘛的徒弟？"

"是啊，罗桑大喇嘛也是我的师父。"

"哼，越吹越离谱。"说完，玛吉阿米起身，拍拍身上的土就要离开。

仓央嘉措也起身，拉着玛吉阿米的衣服说道："怎么是吹牛，我都起了誓，难道还有假？"

"吹牛，吹牛，就是吹牛。"玛吉阿米挣脱了仓央嘉措的手，轻快地跑远了。

仓央嘉措无奈地看着渐渐走远的玛吉阿米，心中有一种难以言喻的感觉，脸上也挂上了止不住的笑容。而当走远的玛吉阿米转身向仓央嘉措做鬼脸的一刹那，仓央嘉措心中的一个地方更是跳动起来。


仓央嘉措开始每天去那个湖畔坐一会儿，坐在那等着那个叫作玛吉阿米的女孩子。几天，她都没有来，可是她那月牙儿似的眼睛始终深深地印在仓央嘉措的脑海里。仓央嘉措坐在那如同蓝宝石的湖水旁边，看着远处的山，看着天上洁白的云彩，他突然发现，玛吉阿米就如同那天上的云彩一般洁白。

"玛吉阿米，玛吉阿米。"仓央嘉措轻轻地念叨着。脑海中想到，确实是人如其名呀，玛吉阿米，纯洁无瑕的姑娘。想到这，仓央嘉措笑了笑。他低头看着水中的倒影，想起那一日两个人一同坐在这里的情景，笑得更灿烂了。

"喂，吹牛大王在这儿呢！"

仓央嘉措听到了熟悉的声音，忙回头、起身。笑着说道："玛吉阿米，你来啦？怎么好几天没有来呢？"

玛吉阿米笑着在仓央嘉措的身旁坐下，还是原来的那个位置，说道："来这儿做什么？"

玛吉阿米这一问，把仓央嘉措问得哑口无言。好半天，仓央嘉措脸已经憋得红红的了，窘迫地说道："那你前些天还不是来了？"

玛吉阿米看着仓央嘉措窘迫的表情，吃吃地笑了起来，说道："跟你开玩笑呢，我不能每天出门的，家里面不许。今天还是偷偷溜出来的呢。"

仓央嘉措微微地笑了笑，并没有说话。两个人就这样安静地坐在湖边。仓央嘉措看着远处的雪山，雪山上有着他向往已久的雪莲，雪莲花在最寒冷的时刻绽放。仓央嘉措想，或许自己的前世是山上的雪莲吧。转念一想，又觉得不是。又想起梅惹大喇嘛的话：你很难说哪一个是对，哪一个是错。是啊，对错与否有那么重要吗？自己认定自己的前世是雪山上的雪莲，那自己便是了。那玛吉阿米呢？她是什么呢？应该是萦绕在雪山旁边的云彩吧！对了，玛吉阿米必定是萦绕在雪山旁边的云彩，天上的月牙儿便是她的眼睛。仓央嘉措想到这里，不由得笑了起来。

"仓央嘉措，你在想什么呢？怎么笑得这么开心。"玛吉阿米看着痴痴的仓央嘉措，心中觉得这个男孩子真是奇怪，这么喜欢发呆。

"我在想，我的前世是什么，你的前世是什么。"仓央嘉措说道。

"怎么想起这个来了？"

"前些天，梅惹大喇嘛在教我经文的时候跟我说，他自己的前世是错那上空的一片云。所以我便想，那我的前世是什么呢？"

玛吉阿米笑笑说道："那你的前世是什么？"

"雪莲吧，我猜。"

"哦？怎么是雪莲呢？"

"我喜欢雪莲。"

仓央嘉措本以为玛吉阿米肯定又觉得自己是"吹牛大王"了，又想到梅惹大喇嘛关于"对错"的论调，于是也就释怀了，双手向后撑起自己的身体，开心了许多。

然而，令仓央嘉措意想不到的是，玛吉阿米竟然没有反驳自己，也没有嘲笑自己，她反而陷入了沉思。

又是一段时间的沉默，仓央嘉措看着玛吉阿米的脸上好像是染起了一抹红霞，就如同此时此刻天边的火烧云一般。只是玛吉阿米脸上的红霞好像清澈许多，于是问道："怎么了？想什么呢？"

玛吉阿米缓过神来，轻轻地笑着说道："都被你爱发呆的坏毛病传染了。"

仓央嘉措看着玛吉阿米的样子，忍不住微笑着。他有些奇怪，不明白为什么，这些年来自己从来没有这么爱笑过，可是看着玛吉阿米的样子就忍不住想要笑。仓央嘉措相信，固执地相信，玛吉阿米身上肯定存在着某种自己不能了解的魔力。

"我们是朋友吗？"仓央嘉措鼓起勇气，问道。

"你说呢？"

"我不知道，我没有朋友。"

"我也没有呢。"

"那你做我的朋友吧。"仓央嘉措期盼地看着玛吉阿米。

"好啊，可是怎么能证明我们是朋友呢？"玛吉阿米问道。

仓央嘉措想了想，从自己的身上摸出一颗蓝绿色的松石，那是他的母亲送给他的。他在难过的时候总是会它拿出来，以祈求保护。他相信，这个松石是他灵魂的归处。他认真地将松石双手捧在手心里，递给玛吉阿米，说道："这颗松石是我最喜爱的，我难过的时候我便会让它保佑我。我把它送给你，也希望今后它能够保佑你吧。你看到它就会想起我，这样就说明我们是朋友啦。"

玛吉阿米拿过来，仔细端详着仓央嘉措送给他的那块松石，圆润的样子明显是经过长期的抚摸才会变成这样的。她想了想，从自己的手腕上褪下了一串松石手串，说道："这串松石手串是我最喜欢的，虽然不如你的大，但是我也很珍惜的呢。喏，给你了。"

两个人相视一笑，那样温暖的场面仿佛要融化整个世界一般。

坐在巷子口的那对男女，脸上没有表情，一动也不动地呆在那里。世界好像跟他们没关系，是什么样的心情，什么样的心情，唉，难道这就是爱情？

这首歌好像是一首广告歌。歌词写得绝美。倒不是作者用了什么华丽的辞藻，也并非诉说了怎样的传奇，只是简单地描述了一个简单的场景而已。一对男女，静静地坐在那里，仿佛世界都与他们无关。很喜欢这样的感觉、很喜欢这样的意境。

前些天我还在上学的表妹和我谈论爱情，她说她很喜欢自己班上的一个男生。我笑着问她，你有多喜欢。她答道：很喜欢很喜欢。我又笑了笑，然后便觉得心中一酸，忙转移了话题。

想想自己，在结束了一段荒唐的感情之后，已经五年没有爱情在我的生命中爬行了。我在想，自己是否在慢慢老去，老得已经失去了爱的能力。失去爱一个人的能力的人，是可悲的，至少是可怜的。对于那些还有能力去爱的人，我有着发自内心的羡慕。而对于仓央嘉措和玛吉阿米，我更是艳羡不已。

喜欢仓央嘉措的人，免不了会喜欢玛吉阿米。在拉萨的街道上，有一个名叫"玛吉阿米"的屋子。有的人说，玛吉阿米是一个人，她出现在仓央嘉措的诗歌中。有的人说，玛吉阿米是那座房子，仓央嘉措与她在这里约会。然而这一切又有什么关系呢？我相信，玛吉阿米并不是人，更不是一幢房子。玛吉阿米是美好，代表着人们内心世界的美好。这样的美好居于人灵魂深处。我们需要美好的事物、纯真的感情。而玛吉阿米，满足了我们对于纯洁事物的渴望。就像《红楼梦》中的黛玉一般，纯真且美好，这样的美好并不能仅仅用美女这一单纯的形象表达，这也是为什么，喜欢林黛玉的并不是仅仅局限在男人之中。你可以说林黛玉爱使小性儿，你也可以说玛吉阿米根本就不存在，但是没有人能够否认自己向往纯真。

写下这样的故事，是一件悲伤的事情。我知道故事的结局是注定了悲伤，然而，我还是愿意写下去。虽然，有那么一刹那，我想要任性地将结局改为将仓央嘉措和玛吉阿米撮合在一起，我想要让他们在错那结婚生子，我想要写下他们生活中的点滴，我想要给他们一幢漂亮的房子，我想将我所能够给予的一切送给他们，然而这一切都是痴心妄想。我们知道，历史中的仓央嘉措在青海湖畔病逝；我们知道传说中的仓央嘉措成了得道高僧。这是宿命的悲哀！

仓央嘉措将玛吉阿米送给自己的手串放在胸前的小布兜儿里，他希望能够随时感受来自玛吉阿米如同雪山旁萦绕的白云一般的微笑。仓央嘉措每天在那个未知名的湖边等待着玛吉阿米偶尔的到来，他知道，玛吉阿米一定会来的。他并没有什么话非要和玛吉阿米说，只是希望看到她的笑容，看到她如同月牙儿一般的眼睛。身旁有玛吉阿米的陪伴，就算是两个人一同沉默，也是温馨的。他觉得，自己不能没有这个朋友。玛吉阿米，是他唯一的朋友。而他，也同样是玛吉阿米的朋友。想着想着，他总是会笑起来，那种笑容让他感受到一种从未有过的甜美和安静。

"太阳公公，金色的太阳，银色的太阳，阳光温暖和煦，太阳公公快快来，云儿云儿快躲开，太阳快快把门开，云儿快快把门关。"玛吉阿米唱着一首错那的童谣，边笑边摇着她的小脑袋瓜，头上的辫子轻轻地拍打着她的肩膀。

"真好听。"仓央嘉措看着玛吉阿米唱歌，眼中全是温暖。

"轮到你了，你也唱一首吧。"

"我不会唱歌。"仓央嘉措有些不好意思。

"怎么能不会呢？你小时候没有人教你唱歌吗？"

"没有的，我都是在和梅惹师父学经文和诗

词。"

"真厉害。那你给我朗诵一首诗歌吧。"

"在东边的山尖上，白亮的月儿出来了。'玛吉阿米'的脸儿，在心中已渐渐地显现。"

"哇，诗歌里面有我的名字呢。"玛吉阿米发现仓央嘉措所背诵的诗歌中有自己的名字，欢快地叫了出来。"这首诗里面怎么会有我的名字？快告诉我，快告诉我，这是谁作的诗？"

仓央嘉措脸微微一红，说道："是我前些天写的。"

"你会写诗呢！"玛吉阿米激动的样子，让仓央嘉措感觉是云彩在飞舞，或者说，是雨后七彩的云。

"嗯，会一点。"仓央嘉措觉得更不好意思了。

而看到仓央嘉措脸红的样子，玛吉阿米似乎也意识到了什么，红色的云霞再次爬上了她洁白的脸庞。

"仓央嘉措，你又在发呆呀。"身后传来玛吉阿米的声音。还是如往常一般明亮、温柔。

仓央嘉措傻傻地笑了笑，他看到玛吉阿米今天的装束格外华丽，项子上还戴了一串儿松石的项链。

"你今天好漂亮。"

玛吉阿米脸上又出现了一抹红云，轻轻地说道："妈妈说我要嫁人了。过几天，就有人来接我了。"

仓央嘉措呆住了，他从未想过玛吉阿米会结婚，他甚至觉得"结婚"这个词不会出现在两个人的生命之中。他希望生活永远这样下去：在巴桑寺生活，在寺中和梅惹大喇嘛学习经文、佛法，在傍晚的时候与玛吉阿米会面，然后一同聊天。他迟疑地说道："你要和谁结婚呢？"

玛吉阿米脸色一沉，低声说道："我也不知道他是谁。只知道他是错那的商人。"停了好一会儿，也是好一阵儿的沉默，玛吉阿米说道，"要不咱们两个结婚吧，我不喜欢他。如果让我嫁人，我宁愿嫁给你。"

"我……"仓央嘉措不知道怎么样才能结婚，也不知道如何去处理这样的事情。他从未想到过结婚，虽然自己已经是十五岁的少年了。在村子里，这样的年龄已经是该结婚的了。

玛吉阿米笑了笑说道："我跟你开玩笑呢。咱们两个人怎么可能结婚呢？”

仓央嘉措看得出玛吉阿米脸上的笑容有些勉强。强颜欢笑，看起来让人心酸。仓央嘉措根本没有心情去笑。他低声地问道："那以后我们还能这样见面吗？"可是他的心中却仍然质疑着，难道我们两个就不能结婚吗？在巴桑寺的喇嘛，很多都是可以结婚的呀。

"不知道呢。如果能够见面，我会来找你的。不过听说他们住在离错那很远的地方。他们只是会将一些毛皮卖到错那而已。"

仓央嘉措感觉到悲伤，他从未想到过玛吉阿米会给自己带来这样的感觉。和玛吉阿米在一起的仓央嘉措一直都是笑容满面的，他怀念曾经两个人在一起聊天的日子。

仓央嘉措突然感觉到脸上凉凉的，仔细感觉，才发现自己是哭了。仓央嘉措赶紧偷偷擦去脸上的泪水，身体后仰，双手撑在身后，装成一副满不在乎的样子。他将头高高扬起，双眼望着天空，希望泪水不要再继续流下来。可是，这一切努力都是徒劳的。泪水像是着急去做什么一般，一个一个地向外蹦，然后顺着他的脸颊缓缓流下。

仓央嘉措突然感觉到自己撑在地上的右手被另外一只手紧紧地抓了起来，他扭头发现，玛吉阿米也同样在流泪。他回握过去，两个人的双手第一次紧紧地握在了一起。玛吉阿米的手很软，很小，也很凉……

也许，一切都是该到终结的时候了。在前言中，我说过类似这样的话：既然一切的一切都是开始，那便不妨从开始说起。而如今，我想要说：既然一切的一切都是结局，那我们便不妨将开始看成结局吧。仓央嘉措的悲哀，是因为悲哀早已经在开始的时候便注定了。然而，我并不希望以一个看似完美的悲伤结局作为结局。我不愿看到那个得道的高僧成为我心中"仓央嘉措"的一部分。结局不是结局，那么什么会是结局呢？我想，大约开始便是结局吧。这是我的一个梦境，一个关于仓央嘉措的梦境。我在自己的梦中沉沦，在一个拥有仓央嘉措的梦境中得到美好。

在黑夜的黑夜里和你相逢
在生命的生命中和你相爱

在迷途的迷途上和你相拥

在梦境的梦境中

我看到了你月牙儿似的眼中

透着

一个让我

看了又看、伤了又伤、哭了又哭、痛了又痛的

梦